장우·재희곡집 3
A·I·R 새가 먹던 사과를 먹는 사람

장우재희곡집 3

A·I·R
새가 먹던 사과를 먹는 사람

평민사

/차/례/

작가의 말

2019년 이후 여러 이유로 '인간 너머의 관점'을 표방하고 써 왔다.

여기 세 작품은 누군가에게는 SF라 분류되던 것이다. 때론 의도하지 않고 썼는데, 그렇게 불린 것도 있고 약간은 의도하면서 썼던 것도 있다.

돌아보면 어떤 설정은 왜 그렇게 구닥다리고, 유치함을 보완하기 위해 연극 만드는 방법에 집착했던가 싶은 것도 있고, 어떤 것은 (직관적이었지만) 무척 중요한 질문으로 아직 과학이 답을 하지 못하는 문제도 있다.

"약간 떨어진 거리에 있을 때면 서로 끌어당기고 아주 가까이 다가가면 서로를 밀어내며 영원히 움직이는 작은 입자들"이라는 파인만의 말처럼 과학과 인문학은 아직 친하지 않아 보인다.

인문학이 과학에 대해 배타적인 이유는 나름 이유가 있어서 그런 것으로 생각해 본다. 하지만 과학은 끊임없이 문학과 예술을 사랑하는 것처럼 보인다. 내가 보기에 그것은 이상하다. 인간 '의식'을 다루는 이들은 종종 '사실'을 무시하거나 부정하는 것 아닐까 하는 생각까지 들 때가 있다. 반면 늘 사실을 다루는 과학도들은 사실 너머 '가치'를 추구하는 예술가들에게 일종의 존경을 보낸다. 하지만 우리 예술가들은 그것이 당연한 듯 목에 힘주고 뻐겼던 것은 아닐까. 내 얘기다. 누구보다 사람 냄새 나는 작품들을 써 왔고, 탈인간중심주의를 외치지만 나는 아직 벗어나지 못하고 있다. 벗어나고 싶다. 더 이상 그것만으론 답이 없으니까. 우리 모두 알고 있지 않나. 이제 이 지구상에 가장 큰 문제는 인간이라는 거.

이 고민을 풀어보려고 이 세 작품을 하느라 엎치락뒤치락했지만 아무리 생각해 봐도 극장에 비인간이 보러 올 것 같지 않고 인간인 주제에 비인간을 연기하려고 시도하는 일, 비인간에게 다가가자고 내 앞에 있는 저 인간의 욕망을 코브라트위스트 하는 일 모두 자가당착처럼 보일 때가 있었다.

하지만 그렇다고 멈출 순 없다.

'인간 너머 관점'으로 인간을 '다시' 보려 한다. 그전에 부족하지만 한번 묶어 보내고 싶었다. 이 책에 실린 원고들은 모두 공연 후 다시 한 번 정리한 것이다. 고마웠습니다. 함께 만들어 주었던 분들, 모두.

싯팅 인 어룸

등장인물

지니   여. 20대
제니   여. 20대. 지니의 쌍둥이 언니
리언   남. 20대. 제니의 남자친구

때

머지않은 미래

지니와 제니는 1인의 배우가 맡는다.

1.

소리, 노이즈, 자막 고르지 않다.

소리   3차 팬데믹이 선언된 지 50일이 지나고 있습니다. RGO 13 바이러스로 인한 감염자는 현재 114개국 11만 8,000명이며 사망자는 4만 7,000여 명으로 2차 팬데믹 때와 달리 40%에 육박하는 놀라운 치사율을 보이고 있습니다.

5월 16일. 정부에서는 데이터에 관한 관계법령을 정비한다고 밝혔습니다. 최근 국가 에너지 위기에 대응하기 위해 데이터망 제한 이용과 함께 디지털 장례 제도를 강화하여 클라우드 적체 현상을 줄여나가기로 했습니다.

RGO 13으로 인한 다양한 풍경들이 나타나고 있습니다. 인류는 지난 경험을 바탕으로 차분한 대응을 보이고 있습니다만 반복되는 팬데믹에 의해 누적된 공포로 동반감염을 시도하는 사람들이 나타나기 시작했습니다.

'위대한 사랑의 현시'로 동반감염을 칭송하는 시민들의 반응에 대해 당국은 '지금은 낭만적인 생각을 할 때가 아니'라며 '연쇄자살' 행위의 확산을 막는데 총력을 기울이고 있습니다.

부모를 잃을 위기에 처한 쌍둥이 소녀 둘이 울부짖고 있습니다. 이들의 어머니는 먼저 감염되어 격리된 남편을, 당국의 방어를 뚫고 몰래 접촉함으로써 최종 양성판정을 받아 동반 격리되었습니다. 현재 3일째인데요. 이를 두고 '위대한 사랑의 현시'라며 추앙하는 쪽과 '생명을 쉽게 버린다'는 쪽의 뜨거운 대립과는 달리 남겨진 두 소녀는 엄마를 만나게 해달라 호소하며 주위의 안타까움을 사고 있습니다. 아, 지금 현재 두 소녀가 엄마와 화상미팅을 시도 중입니다. 장기 경제 침체로 연결 상태가 좋지 않은 점 양해 바랍니다.

보도 중 키워드들이 자막으로 보인다. 상태가 좋지 않다. '현시_manifest'와 '공포_Cut it out, brotherhood'를 외치는 사람들의 영상, 소리가 섞여 있다. 화면 가득 딸들과 화상통화중인 '엄마'의 얼굴이 보인다. 그녀, 두 눈에 할 말이 가득하지만 아무 말도 하지 않는다.

소리 엄마. 우릴 버릴 거냐고. 응? 대답해봐. 산 사람은 살아야지.
(제니/지니) 응. 엄마. 대답해봐. 나와. 나와서 따로 있어. 우리랑 같이 있자. 나도 엄마 따라 갈 거야.

얼굴은 보이지 않고 두 소녀의 소리만 들린다.

절규. 엄마의 얼굴, 거대한 무언가에 대한 분노, 그것이 가득 차 있다.

그러다가 점점 평온해진다.

웃는다. 이상한 환희에 찬 것처럼. 또 위대한 그 무엇을 본 것처럼 바뀐다. 놀랍다.

그녀의 얼굴이 점점 그림으로 바뀌어간다.

그림 속 그녀 입을 벌리자 나비들이 뻗어 나간다.

지니가 벌떡 일어난다. 영상, 없다.

잠시 호흡을 하는 지니. 그녀의 방, 울리는 폰 소리. (Swinging Sticks[1])가 움직이고 있다)

지니　　… 여보세요.

소리(제니)　지니야.

지니　　응….

소리(제니)　잤어?

지니　　… 아냐.

소리(제니)　내가 쿠키[2] 두고 와서.

지니　　… 저깄네.

소리(제니)　내가 오늘 2시 약속이거든. 니가 좀 대신 연락해줘. 내 폰

---

1) Swinging Sticks. Kinetic Energy Sculpture. 데스크용 모빌. 얼핏 보면 스틱의 운동
　모양이 아슬아슬하게 무한 동력에 의한 것처럼 보인다.
2) 국가에 의한 개인별 데이터 이용 제한 시스템 장치의 일부.

으로.

지니   ….

소리(제니) 듣고 있어? 검색 하면 리언, 나올 거야. 번호.

지니   뭔데?

소리(제니) 아. 내가 좀 전에 연락을 받았는데. 2분기 큐투원 스타상 받았대. 내가. 우- 오늘까지 인터뷰해야 돼서.

지니   (심드렁히) 그게 뭔데?

소리(제니) 우리 회사에서 분기별로 뽑는 거 있어.

지니   일요일에?

소리(제니) 사진, 넬까지 나가야 돼.

지니   직접 함 되잖아.

소리(제니) 번호 못 외지. 부탁할게.

지니   인터뷰는 어떻게 했는데?

소리(제니) 뭐가?

지니   쿠키도 없다면서.

소리(제니) 회사 껀 있으니까.

지니   정상이야?

소리(제니) 뭐가?

지니   남친 번호는 모르고-

소리(제니) 아 지금 그럴 정신이 없어서

지니   번호 불러줄 테니까 언니가 직접 함 되잖아.

소리(제니) 할게. 하는데 지금 오프라인 행사 미팅 중이라 이따 통화해야 돼서. 기다릴까봐.

지니   나한테 할 시간에 그냥 함 되잖아.

소리(제니) 그게 그런 게 아니야. 연애라는 게… 아… 부탁해.

지니 싫어.

소리(제니) 지니야.

지니 그렇게 살지 마.

소리(제니) (한숨)

지니 그렇게 살다가 너 죽어.

소리(제니) ….

지니 너, 지금 정상 아냐. 응? 알아? 밥은 먹었어? 잠은? 어제 또 수면제 먹었지? 일요일에 집에서도 맨날 컴 앞에. 섹스는 해?

소리(제니) 아이… 씨….

지니 언닌 지금 미쳐버린 거 같애. 그거 알아? 일에. 엄마 죽은 뒤로 더.

소리(제니) 너 또 엄마 꿈 꿨어?

지니 아이씨-

소리(제니) 지니야. 언니, 그런 거 아냐. 요샌 좀 피곤해서 그런 거고. 너야말로 집에서 나와야 돼. 맨날 집 안에만 있으니까 잠만 자잖아.

지니 잔 거 아냐. 명상했다고.

소리(제니) 명상에 그런 게 나와?

지니 아이씨-

소리(제니) 아니, 명상해도 돼. 그런데 그것도 사람이랑 '같이'여야 되지 않아? 혼자 하면 위험하대매.

지니 사람 있어.

소리(제니)   온라인?

지니   다 해.

소리(제니)   만나야 되는 거야. 만나서 호흡하고 느끼고.

지니   지금 누가 할 소린데. 언니는 사람 안 만나고 뭐하고 있
는데. 그리고 나 나갈 거야. 조금만 더 있으면. 만날 거야.
만나서 공부하고 그리고 나도 가르칠 수 있어. 그게 내
job이 될 거라고. 문젠 언니야. 뭐가 너무 많잖아. 왜 그
렇게 살아? 이제 그만 할 때도 됐잖아. 사람 그렇게 많이
죽었는데? 모르겠어? 이거 다 경고야. 줄이라고―

소리(제니)   과장하지 마. 응. 제발. 응… 다 극복할 거야. 우리.

지니   뭐, AI로? 인체삽입소프트웨어? 누굴 위해? 경제? 망할
그 또 공기업들 돌리려고?

소리(제니)   기업 아니면 누가 이 커다란 세계를 돌리는데? 인간, 원
래 일 하는 거야. 그게 사는 거야.

지니   너무 많이 하니까 문제지. 계속 일을 벌리고. 뭘 극복한다
고 일 벌리고 또 벌리고. 그래서 어떻게 됐어? 왜 그렇게
열심히 벌렸는데 살기는 왜 더 어려워져? 속지 말자. 더
이상.

소리(제니)   소식 못 들었어? 공중에서 바로 질소 먹는 식물 애들 나
온 거. 이제 화학비료 더 안 써도 돼. 그건 놀라운 거야.
그걸 공기업들이 한 거야.

지니   그럼, 그 질소 바로 못 먹는 애들은? 버려? 싸그리―

소리(제니)   지니야. 너무 앞서가지 말자.

지니   앞서가는 게 아니라 제발 우리 뒤를 보자고. 우리가 어떻

게 됐었는지. 인류 아니, 지구 그렇게 무한하지 않아. 그
거 받아들여야 돼. 사는 게 뭔데? 사랑하는 사람한테 늦
는다고 연락 한번 못하고.

소리(제니) … 이해할 거야.

지니 하겠지. 그래왔으니까. 근데 그 사람한테 미안하지 않아?

소리(제니) ….

지니 왜 그렇게 욕심이 많아? 좀 덜 원하면 안 돼?

소리(제니) 너 아직 용서 안 되니?

지니 뭐?

소리(제니) 엄마. 10년이다.

지니 … 10년이면 그럼 넌 돼?

소리(제니) 엄만 엄마의 선택을 한 거야. 그리고 우린 버려질까봐 그
냥 공포스러웠던 거고. 그거 자연스러운 거고. 그냥 그렇
게 받아들여야 돼. 이제. '위대한 사랑에 대한 공포'를 느
꼈구나, 우리가. 인간이니까. 나약하니까.

지니 그래서?

소리(제니) 잊고 우리 꺼 살아야지.

지니 아니, 난 그렇게 못 해. 난 공포가 아니라 거부야. 그러니
까 그렇게 규정짓지 마. 위대함? 누굴 위한 위대함인데.
너무 (광고) 카피 같지 않아? 난 거기에 속지 않아. 언니,
그러니까 언니도 속으면 안 돼. 제발. 언니, 우리 제발 뭐
가 중요한지 알고 살자. 지금 이 시간에 피 마를 사람이
누굴까? 언닌 일 때문에 또 누군가를 피 말리게 하고 있
다고. 그거, 잠깐만 들어봐. 대상만 다르지 누구랑 닮았다

고 생각하지 않아?

소리(제니)　들어가서 얘기하자.

지니　바로 엄마야. 언니야말로 엄마한테서 한 발짝도 도망 못
　　　　갔어.

소리(제니)　너야말로 한 발짝도 집 밖으로 안 나오잖아.

지니　그거하고 그건 다르지. 난 만나. 무엇보다 나를.

소리(제니)　그거하고 그거… 같은 거야.

지니　어떻게 같아? 언닌 중독 된 거지. 사랑하는 사람도 못 만
　　　　나면서.

소리(제니)　그럼 흔적도 없이 그냥 살아? 살았는데? 소리라도 질러
　　　　봐야 될 거 아냐. 나, 여기 있다고.

지니　증명하려고 사냐?

소리(제니)　끊을게.

끊긴다.

지니　등신….

지니, 숨 돌리고 언니의 폰을 검색해 전화한다.

지니　제니 쿠키 연결. 리언.

소리(리언)　여보세요

지니　저 지닌데요. 제니언니 동생.

소리(리언)　아, 네.

지니	언니가 쿠키를 두구 가서요. 일이 생겼대요. 좀 늦는데요.
소리(리언)	네….
지니	기다릴 거예요?
소리(리언)	네?
지니	왜요?
소리(리언)	네?
지니	왜 기다려요?
소리(리언)	왜 그러시죠?
지니	언니가 좀 아파요. 그거 알아요?

2.

싱잉볼. 지니, 수업 중.

| 지니 | 편안하게 눈을 감고 숨을 들이쉬고 내쉬고 호흡해 봅니다. 숨을 들이쉬면서 온전히 호흡을 알아차려보고 숨을 내쉬면서도 온전히 고요한 호흡을 알아차려 봅니다. (호흡)
(눈 뜨고) 선생님들. 이렇게 모든 것들을 놓아주고 편안하게 일상을 시작해보세요. 벌써 2년이 넘어가네요. 여러분, 수업한 지도. 8월 달에 귀한 시간 같이 내주셔서 감사합니다. (합장) 9월 달에도 하루하루 아침도 좋은 시간 보내시고 주무실 때도 이렇게 편안하게 잠들어 보세요. 그 |

리고 슬퍼할 일도 슬퍼하고 기뻐할 일도 기뻐하면서 감정이 터질 것 같은 상태로 살아보세요. 고맙습니다. 끝. 얼릉 나가세요. 데이터도 다 탄소배출. 아시죠?

수업이 끝난다. 지니, 방안을 걸어본다. 전화 온다.

지니	네.
소리(RF)	RF입니다. 이지니 씨. 통화 괜찮으세요?
지니	아 네. 방금 수업 끝났습니다.
소리(RF)	게시판 좀 보셨어요?
지니	아… 뇨. 왜요?
소리(RF)	예. 얼마 전부터 간간히 있다가 요 며칠 새 악성 게시 글이 좀 늘어서요.
지니	아 네.
소리(RF)	경고하고 지우긴 했는데 이미 좀 퍼져서 지니쌤 수업 학생이 상대적으로 줄었습니다.
지니	어떤 거죠?
소리(RF)	띄울 게요.

자막

· 쌍둥이 언니가 죽었다는데 명상, 마음의 평화 이루시니까 좋습니까?

· 언제요? / 5년 전이요.

· 언니가 그 쪽 때문에 엄청 힘들어 했다면서요?

· 옛날에 성격이 지랄 맞았다던데 초창기에 당한 사람들은 다 안다 고….

· 그쪽이 뭔데 남의 상처 가지고 난리세요? 상처 받은 사람은 마음 의 평화 안 됩니까?

· 이해는 하는데 만약 사실이라면 대실망.

소리(RF)　물론 옹호하는 글들이 많긴 하지만 광고는 줄었습니다.

지니　네… 그럴 수 있죠.

소리(RF)　제안을 드리고 싶은데 게시판 기능을 아예 정지시킬 수 있습니다. 필요한 자료는 공용 자료실에 하면 되구요.

지니　꼭 그래야 되나요?

소리(RF)　뭘요?

지니　게시판.

소리(RF)　꼭 그렇진 않습니다. 에이전시 입장에선 우선 불필요한 논란 자체는 소모적이라는 판단이 들어서요. 그래도 명상가 쌤들의 의견을 존중합니다.

지니　… 그대로 두죠. 시간이 지나가게.

소리(RF)　예. 좋습니다. 하지만 수업료는 좀 줄 겁니다. 광고 몇 개가 줄어서요.

지니　네. 알겠습니다.

전화 끊김. 지니, 한숨 쉰다.

다시 전화가 온다. 낯선 번호. 받지 않는다.

문자로 온다. 자막.

자막

기억하실지 모르겠지만 5년 전 언니의 남자친구였습니다. 리언. 통
화한 적이 있습니다. 그때 헤어졌구요. 3년 전에 제니가… 언니가
돌아가신 걸 알게 됐습니다. 그리고 2년 전부터는 ANQA[3] (앙카)
사(社)의 DRP시스템[4]으로 언니와 만났습니다.

시간을 보냈고 함께 극복하려고 노력했습니다. 잘 안 되었습니다.
뵙고 상의하고 싶은 게 있습니다. 언니와의 업데이트에 대해서요.
시간 많이 안 걸릴 거예요.

지니, 서성인다.
전화한다.

지니　　방금 전 번호.

소리(리언)　　여보세요.

지니　　저, 제니언니 동생 지닌데요.

소리(리언)　　네. 리언입니다.

지니　　어디시죠?

소리(리언)　　3블럭 C-3 아세요?

지니　　네.

소리(리언)　　그쪽으로 오시면 기다리겠습니다.

---

3) 아랍 전설 속 잿더미 속에서 부활한다는 불사조.
4) 디지털 재현 시스템_Digital Re_Presentation System 누군가의 온라인에 공개된 자
　 료를 딥러닝(neural network 인공신경망 이용)을 통해 다양한 형태로 디지털 재현하
　 는 시스템.

3.

만남.

리언 아.

지니 왜요?

리언 너무 똑같아서요. 언니랑. 당연한데. 죄송합니다.

지니 연락 받고 당황스러웠습니다. 아무리 공개된 데이터로 한 거지만 저도 모르게 언니를 디지털로 재현했다는 소식을 들으니까 언니 죽었을 때 바로 디지털 장례 치루지 않았던 게 뼈아프게 후회됐어요.

리언 … 죄송합니다.

지니 이미 다운된 데이터에 대해선 책임 물을 수도 없고… 디지털 재현… 그건 사적인 영역이라 제가 어떻게 할 수도 없고… 그런데 업데이트라니… 그건 좀 심하다고 생각되지 않으세요? 제겐?

리언 죄송합니다.

지니 ….

리언 제니는 저한테도 소중한 사람이었습니다. 지니 씨에게도 그랬겠지만 ANQA라는 회사에선 생전 인물이 온라인에 공개한 자료를 가지고 예를 들면 페북이나 트윗에 남긴 글, 사진, 영상으로 그 사람을 디지털로 재현하는 시스템을 만들었습니다.

제니가 죽었다는 사실을 듣고 힘들었을 때 옆에서 얘기

해줘서 접했습니다. 처음엔 대화를 했고 큰 힘이 됐습니다. 그러다가 그 회사에서 딥 스페이스[5]라는 가상공간에서 초감각을 통해 제니를 만날 수 있다고 알려줬고 전 그렇게 했습니다. 그리고 제니와의 여러 추억들, 그러니까 함께 만들었던 디지털 기억들을 업로딩해 더 현실이 되었습니다. 이런 말 어떨지 모르겠지만 행복했습니다. 하지만 오래가진 못했습니다. 제니는 지금도 끊임없이 끔찍한 고통 속에 살고 있으니까요.

지니   무슨 소리죠?

리언   온라인 속에 제니의 모습은 늘 밝고 활기차고 의욕적이었지만 저랑 있을 때는 무언가 빠뜨리고 정신없고 늘 불안했습니다.

지니   그래서요?

리언   … 더 말씀 드리면 제가 가진 모든 자료의 디폴트값이… 맨 밑바닥 값이 그렇게 힘들어하는 모습이기 때문에 그것 자체는 바뀔 수 없기 때문입니다.

지니   ….

리언   매일 천당과 지옥을 오갔습니다. 조울증 환자처럼.

지니   하지만 그건 진짜가 아니잖아요.

리언   맞습니다. 하지만 힘들어하는 그 이유를 알면, 더 정확히는 그 이유를 갖게 되면, 진짜가 아니라도 언니는 그 고통에서 벗어날 수 있습니다.

지니   … 어떻게요?

---

5) DRP 기술을 이용하여 구축된 가상공간. 초감각을 이용해 대상자와 교류할 수 있다.

리언 제가 그렇게 할 수 있을 것 같습니다.

지니 조작을 한다는 말씀인가요?

리언 그건 불가능합니다. 애초부터 근거가 없으면 그렇게 되지 않습니다. (혼잣말로) '가정'모드라면 몰라도.

지니 후–

리언 갑자기 이런 얘기 어떨지 모르겠지만… 연인들끼리 힘들다는 것은 서로 다른 스탠스로 다른 가치에 매달리고 있을 때. 정확히는 절대 이해하지 못하는 것에 상대가 매달리고 있을 때 그걸 이해할 순 없지만, 해결될 순 없지만, 함께 있을 때, 함께 힘들 때, 사랑이라는 것이 작동하는 것 같습니다. 말하자면 제가 이해하지 못할지라도, 제니만이 아는 그 힘든 이유를 제니에게 부여하면 우리는 해결하진 못할지라도 같이 사랑할 수 있을 것 같아서입니다. 하지만 지금은 그 힘든 이유 자체가 없습니다. 원래 전 모르는 거니까. 그 이유를 지니 씨가 갖고 있을 것 같아서 이렇게 지니 씨를 찾아왔습니다.

지니 그걸… 언니와의 업데이트라고 부르신 건가요?

리언 죄송합니다.

지니 그래서 저한테 언니와의 추억, 기억, 정확히는 그 이유… 달라는 말씀인가요?

리언 그렇습니다.

지니 황당하네요. 하지만 이전에 묻고 싶은 게 있습니다. 그렇게까지 꼭 하고 싶으신 이유가 뭐죠? 언니는 죽었는데?

리언 압니다. 처음엔 저도 이런 생각은 없었는데 재현된 제니를 만날수록- 아, 그 경험은 직접 해보셔야 되는데 정말 과거의 기억을 살 수도 있고, 심지어 그 사람이 될 수도, 또 '만약'을 가정하면 그 사람의 생각도 들을 수가.

지니 제 말 뜻을 잘못 이해하신 것 같은데요. 제 말은 언니는 죽었으니 이제 놔주어야하는 게 아닌가… 그게 진짜라면… 사랑….

리언 전 아직 아니, 지금, 현재 제니를 사랑하고 있습니다.

지니 ….

리언 무엇이 진짜입니까? 케케묵은 질문을 던지려는 게 아니라 저는 진짜라고 말해지는 이 세계에 별 흥미를 못 느끼겠습니다. 아니, 죽겠다는 뜻이 아니라 언니와 같이, 맞습니다. 제니는 죽었습니다. 그러니까 이렇게 함께 살다 함께 소멸하고 싶은 마음뿐입니다. 사랑은 소멸이니까요.

지니 네?

리언 우리 모두 소멸하지만 사랑만이 그 소멸을 의미 있게 만드니까. 나머진 가짜일 뿐이니까.

지니 … 놀라운 얘길 많이 듣네요.

리언 죄송합니다. 만남이 -지니 씨와- 제한적일 거라는 생각에.

지니 언니가 그렇게 갔지만.

리언 갑자기.

지니 네. 갑자기… 어느 날 갑자기… 아무런 예고도 없이… 길을 걷다….

리언 죄송합니다.

리언　누가 알았겠습니까. 멀쩡하던 사람이 출근하다가 갑자기 길에 풀썩 주저앉아서 그렇게….

지니　네. 언니가 그렇게 갔지만… 가기 전 우리는 사랑에 대해서, '위대한 사랑'에 대해서 공포를 느낀다고 서로 얘기했어요. 엄마 돌아가신 뒤로. 아시죠, 그건?

리언　압니다.

지니　언니는 이겨내고 싶어 했어요. 방식은 저랑 달랐죠. 언니는 보란 듯이 잘 산다 그런 걸 해 보고 싶었던 거 같아요. 그래서 더 자신을 괴롭혔지만요. 그래서 제가 보기에 언니는 그쪽 방식 별로 좋아하지 않을 거라고 생각되네요. 제가 보기에 그쪽은 좀 이미… 망가져 있어 보여서요. 그런 모습을 원할 타입이 아니에요. 언니는.

리언　어떻게 아십니까?

지니　네?

리언　전 만나봤습니다… 죄송합니다.

지니　… 말씀하시죠.

리언　이렇게 묻고 싶네요. 혹시 제니에 대해 안다고 생각하십니까?

지니　무슨 의미죠?

리언　제가 만나본 바로 제니는 원합니다. 그게 제닙니다.

지니　하지만 그건 가짜잖아요.

리언　그 사람이 보였던 성격은 진짜입니다. 온라인에서 한 선택들, 저랑 한 선택들, 그걸 통해 드러난 제니의 정체성, 그건 더하거나 뺀 건 없으니까.

지니   … 사람이란 서로 다르게 느낄 수 있죠.

리언   아실지 모르겠지만 언니는 지니 씨 때문에 힘들어했습니다.

지니   네?

리언   지금도 그렇구요.

지니   좀 지나치시네요. 난 언니를-

리언   그걸 부정하는 게 아닙니다. 언니도 지니 씨를 충분히 사랑했습니다. 하지만 열정적인 사랑과 열정적인 증오가 전혀 다른 건 아니죠.

지니   네?

리언   사랑과 증오가 붙어있고 그 붙어있는 게 너무 쎄서 그 사람이 힘들었을 수도 있다는 거죠. 지니 씨에게 언니는. 물론 어머님 영향이 있었겠지만.

지니   사랑과 증오는 그렇게 붙어있습니다. 특히 가족들끼리는.

리언   맞습니다. 하지만 그건 시간이 지나면 분리됩니다.

지니   네. 맞아요. 그 결과가 지금이죠.

리언   맞습니다. 지니 씨에게로부터 저에게로. 지금. 지금이 그때입니다.

지니   그걸 누가 정하는 데요?

리언   지니 씨가요… 죄송합니다.

지니   … 저와 언니의 시간은 끝났습니다. 그리고 언니는 이제 자연이 됐습니다. 그걸 인위적으로 다시 연결하시려는 것 같아 불쾌하네요.

리언   … 저도 그 자연이 되고 싶습니다.

지니   힘드네요… 좋습니다. 제가 이해할 수 없다고 해서 틀린 건 아닐 테니까. 하지만 전 그 부탁, 들어줄 수 없습니다. 이유는 설명 안 해도 알겠죠?

리언   그럼 저도 혼자서 소멸 될 겁니다. 돼버릴 겁니다.

지니   당황스럽네요. 뭔가 또 반복되는 거 같고. 아주 오래전에 있었던 상황들… 질문들… 이렇게 물어 보고 싶네요. 만약 언니를 사랑하신다면 그쪽도 열정적인 사랑과 열정적인 증오가 붙어있겠네요. 마치 제가 언니를 괴롭혔던 것처럼. 아니, 괴롭혔다고 주장되는 것처럼.

리언   네. 저에게도 증오는 있습니다. 하지만 그건 제니를 향한 게 아니라 바깥을 향한 겁니다. 동생분도 아마 그랬을 거라고 생각합니다. 언니에 대한 증오가 아니라.

지니   아….

리언   저도 지니 씨처럼 제니를 사랑하고 있다는 걸 말씀드리고 싶어서입니다.

지니   (버럭) 자꾸 제니 제니 하지 마세요. 살아있는 거 같잖아요. 꼭… 시간이 걸렸는데. 10년, 또 5년….

리언   저도 시간이 걸렸습니다. 고통스러웠습니다.

지니   바깥 어디요?

리언   예?

지니   증오.

리언   바깥, 저의 경우에는 모두에게.

지니   네?

리언   네. 바깥에 있는 모두에게 그리고 나에게 분노를 참을 수 없습니다. 세상이 더욱 인간의 것이 아닌 게 되어가고 있습니다. 더 이상 살아갈 이유를 찾지 못하겠습니다.

지니 무슨 얘긴지 알겠습니다. 하지만 그런 분께, 설령 그 업데이트, 그게 의미가 있는 거라도 전 동의할 수 없습니다. 그게 접니다.

리언 왜 지니 씨의 증오가 제니를 가둬야 합니까?

지니 네?

리언 제니는 지금도 그 안에서 고통 받고 있습니다. 사랑했다면 그 책임을 져야 되는 거 아닐까요?

지니 무례하네요.

리언 죄송합니다. 하지만 자연스럽다는 이유로 제니를 그 안에 그대로 두실 겁니까? 영원히?

지니 그건 가짜잖아요.

리언 언니가 무엇 때문에 힘들어 했는지 아는 건 진짜 아닐까요?

지니 … 죄송합니다… 가짜를 만들자는 게 아니라 그걸 보는 우리의 진짜는 우리가 찾아야 한다는 겁니다.

지니 모르겠네요.

리언 … 이런 얘기 5년 전에도 말씀 드렸었습니다. 그땐 지나쳤지만.

지니 5년 전….

리언 저에게 언니가 늦는다고 전화해주셨죠. 괜찮으시면 이렇게 물어보고 싶습니다. 저 같은 경우의 증오는 바깥, 모든 것에 대해서지만 지니 씨는 그 증오, 대상이 무엇입니까?

지니	네?
리언	제니… 언니가 어떤 상태인지, 였는지, 지니 씨가 알아야
	할 것 같아서입니다.
지니	….
리언	… 만나보시겠습니까?

지니, 문득 가슴에 통증을 느낀다.

4.

리언, 카페. 전화를 받는다.

리언	여보세요
소리(지니)	저 지닌데요. 제니언니 동생.
리언	아, 네.
소리(지니)	언니가 쿠키 두구 가서요. 일이 생겼대요. 좀 늦는데요.
리언	네….
소리(지니)	기다릴 거예요?
리언	네?
소리(지니)	왜요?
리언	네?
소리(지니)	왜 기다려요?

리언   왜 그러시죠?

소리(지니) 언니가 좀 아파요. 그거 알아요?

리언   네… 네….

통화 계속 되지만 들리지 않고 끝난다.
제니가 온다.

제니   아 미안. 너무 많이 기다렸지. 지니 전화 받았지?

리언   응. 전화 받았어.

제니   진짜 미안. 아침에 회사에서 전화 받았는데 그건 처리하
       고 오면 되겠다 했는데 또 일이 터지는 바람에. 이번에
       진행하는 런칭행사, 인플루언서 초대하는. 그게 고객사
       본부장까지 참석하겠다고 해서 커져버렸어. 모처럼 오프
       라인 행사거든. 그래서 부랴부랴 하는데 케이터링 업체
       가 말이 좀 많았다느니 제보가 온 거야. 참내. 2본부 1팀
       에 '사라'라고 있는데 걔가 말은 도와준답시고 배알이 꼴
       리는 거지. 여튼 그래가지구 부랴부랴 케이터링 업체 가
       서 미팅하고 경위 묻고 확약 받고

리언   상 받았다면서?

제니   아 뭐 별거 있나 그냥 회사에서 분기별로 파이팅하라고
       뽑는 건데 인터뷰하고 사진 찍어야 된대서.

리언   축하.

제니   아 몰라. 옷도 대충입고 갔는데.

제니, 전화 온다.

제니   잠깐만. 이거 중요한 거라서. 아. 네. 큐투원 3본부 2팀 이 제니입니다.

소리(기자)   아 네. 통화했었죠. CA Press 췹니다.

제니   아 네. 안녕하셨어요?

소리(기자)   내일 나가는 건데 KC마트 관련 인플루언서 인터뷰 오늘 진행했습니다.

제니   아 네. 그러셨군요. 어떠셨어요?

소리(기자)   뭐 좋다고 그러던데요. 그리고 뭐 홍보나 이런 업체 입 김 같은 것도 안 느껴지고 본인의 솔직한 후기랄까, 또 자기가 운영하던 채널 방향과도 일관된 거 같고. 자연 스럽게 KC마트 이번 제품 이미지도 어필될 것 같고 그 렇습니다.

제니   아 그러셨어요? 감사합니다.

소리(기자)   일 잘하시네요.

제니   감사합니다.

소리(기자)   일전에 관련 업체 동향 파악 리서치 자료 고마웠습니다. 앞으로도 좀 부탁하구요.

제니   네. 그거야 저희가 갖고 있는 자료 좀 정리해서 드리는 것일 뿐인데요.

소리(기자)   그런 자료가 구하기 힘들어서요.

제니   네. 앞으로 계속 잘 하겠습니다.

소리(기자)   파이팅입니다.

제니   네. 고맙습니다. 들어가세요.

전화, 끊는다.

제니   기자. 평상시에 잘.

전화, 온다.

리언   받아봐.
제니   미안.
리언   괜찮아.
제니   여보세요.
소리(회사) 3본부 2팀 이제니 씨?
제니   네. 맞습니다.
소리(회사) 죄송합니다. 저희 인턴이 몇 가지 질문 빠뜨렸네요. 시간
          만 많이 보내고. 아직 뭘 모릅니다.
제니   다 그렇죠 뭐.
소리(회사) 추가된 몇 가지 공식 질문들 보낼 테니까 답해 주세요.
제니   네.
소리(회사)   텍스트 상태로 공유할 테니 바로 컨폼해주시구요.
제니   네.

자막과 함께

소리(회사) Q. AE[6])로 일한 지 7년째라고 들었는데, 지금까지 일하면서 느낀 이 일만의 매력이 있다면?

제니 제 일은 조금씩 사람들의 생각을 바꿔주는 일 같애요. 그래서 성과가 확 나타나진 않아도 서서히 변화가 생기는 걸 보면서 자긍심을 느낄 때가 많아요. 예를 들면 제가 만나는 언론인들에게 KC마트가 요새 소비자들에게 가성비도 좋고 스타일도 좋은 다양한 제품으로 다가가고 있다고 제 의견을 말하면 기자님께서도 KC마트에 대한 생각이 긍정적으로 바뀔 가능성이 많아지는 거죠. 그러면 틀림없이 이 부분은 다음 기사에도 영향을 끼치게 되고 그것이 실제로 그렇게 진행되는 걸 볼 때 좀 소름 돋아요. 이번에도 그렇구요. 아, 이번에도 그렇구요는 지울게요.

소리(회사) Q. 팀원들 간 커뮤니케이션도 중요할 텐데요. 어떤가요?

제니 제가 팀 내에선 딱 중간이거든요. 그래서 자연스럽게 위와 아래의 얘기를 동시에 듣게 되는데 그러면서 피곤하기도 하지만 중간에 있기 때문에 오히려 이해되는 부분이 생기거든요. 그걸 가지고 조율하려고 노력해요. 밑에 사람들에게는 오히려 별 말을 안 하는 편이구요. 대신 윗분들에게는 의견을 많이 내요. 세상이 계속 바뀌니까요. 이게 다 중간에 있는 숙명이다, 생각하고 임해요. 바뀌니

---

6) account executive. 광고회사나 홍보대행사의 직원으로서 고객사와의 커뮤니케이션을 담당하는 한편, 고객사의 광고계획이나 홍보계획을 수립하고 광고나 홍보활동을 지휘하는 사람.

까에서 점 찍고 끝내죠.

소리(회사) Q. 기획안이나 온라인PR전략 회의 때 많은 아이디어들이 필요할 텐데 아이디어를 뽑아내기 위한 특별한 노하우가 있나요?

제니 그래도 제일 중요한 건 레퍼런스죠. 평상시 레퍼런스를 많이 알고 있는 게 정말 중요한 거 같아요. 기획안 작성 시 계속 브레인 스토밍을 하는데 개인적으로 평상시에 해외 큐레이션 서비스에 대해 계속 리서치하고 업데이트를 하고 있어요. 나중에 꼭 써먹으려구요.

소리(회사) 끝났습니다. 수정 사항 더 있으세요?

제니 아뇨. 됐습니다. 감사합니다.

소리(회사) 수고하셨습니다.

제니 네. 후….

제니 미안.

리언 괜찮아?

제니 응. 괜찮아.

리언 잠은 좀 잤어?

제니 응. 우리 뭐할까. 나갈까?

리언 아니. 조금 쉬어. 이대로.

제니 나 괜찮은데. 정말.

리언 그대로. 잠깐만.

제니 응.

제니 우리 어디까지 얘기했지?

리언	지니 씨라고 했나, 동생, 당차드라.
제니	근데 집에만 있어. 지니 뭐랬어?
리언	아니 뭐 별 얘긴 없었고 너 걱정하드라.
제니	지나 잘하지.
리언	언니한테 잘하래.
제니	참….
리언	근데 뭐랄까 좀 프레스 받고 있는 거 같기도 하고. 사랑에 대해서.
제니	….
리언	아직 어리니까. 그래서 뭐 얘기가 좀 길어지다 보니까 내 생각도 얘기하고.
제니	생각 뭐?
리언	뭐 사랑이란 거 거창하기보다 그냥 오래 곁에 친구가 되는 거 아닐까. 뭐가 해결돼서 같이 있는 게 아니라 해결 안 되니까 같이 있는 게 아닐까. 친구처럼.
제니	….
리언	근데 좀 동의되는 것도 있던데.
제니	뭐가?
리언	너 일 많이 하는 거.
제니	….
리언	약도 먹고 그런 거.
제니	지금 몇 시지? 컨폼해달랬는데?
리언	아까 컨폼했잖아.
제니	내 쿠키 어딨지?

리언	아까 거기.
제니	(뒤진다) 없어. 여기 됐는데.
리언	번호 뭐야. 내가 전화해볼게.
제니	기억이 안 나. 지니 전화해줘야 되는데. 걱정할 텐데.
리언	… 제니야.
제니	오빠.

지니에게 전화가 온다. 제니 태연히 받는다.

제니	여보세요?
소리(지니)	어디야?
제니	나 여기 왔어. 리언 씨 있는 데.
소리(지니)	왜 나한텐 전화 안 하는데. 걱정 안 돼?
제니	하려고 했어.
소리(지니)	됐어. (끊음)
제니	지니야.

리언, 제니의 손에 들린 쿠키를 물끄러미 본다.

제니	여깄네. 왜?
리언	웃겨서.
제니	… 맞어. 웃겨… 웃겨.

다시 전화 옴. 제니 받는다.

소리(지니)	이 막대기(Swinging Sticks) 계속 돌아가는 거 섰어.
제니	아. 스윙 스틱. 그거 건전지 넣어야 된다고 그랬잖아. 넣어줘.
소리(지니)	와서 해.
제니	제발.

끊김.

리언, 웃음기 사라진다.

제니	오빠.
리언	응?
제니	나 이런 거 불편하지?
리언	뭐가?
제니	맨날 약속 늦고 일 매달고 오고.
리언	좀 무리한다 생각하지.
제니	….
리언	가끔은 속상하기도 하고. 친구니까.
제니	지니는 둘 다는 못 가진대. 노동, 사랑.
리언	그렇대.
제니	정말 그럴까?
리언	균형이 필요하겠지.
제니	근데 이게 나 같애.
리언	무슨 말이야?
제니	아까 그 얘기. 내 얘기 아냐.

리언	아까 뭐?
제니	레퍼런스 많이 본다는 거. 그거 내 친구 얘긴데. 걔는 진짜로 그렇게 하거든. 따라 잡을 수가 없어. 모르는 게 없고. 일에도 재능이란 게 있는 걸까 그런 생각도 들고.
리언	무리하는 거겠지.
제니	AE라는 거. account executive. 내 직업. 아마 몇 년 지나면 없어질 거야. 헤드만 좀 남고.
리언	한두 갠가.
제니	치고 올라가야 돼. 그래서. 헤드급으로. 안 그럼 나 없어져.
리언	….
제니	그래서 오빠랑 가끔 이렇게 있는 시간에도 내가 지금 뭐 하고 있나. 다른 사람들 지금 뭐하고 있을 텐데. 그런 생각이 들면… 그런 생각하고 있다는 자체가 오빠한테 너무 미안해. (운다)
리언	제니야.
제니	내가 살아있다는 것, 산다는 것, 좀 흔적을 남기고 싶은데. 그러려면 지금 내가 이러고 있을 때가 아니잖아….
리언	했던 얘기잖아. 균형 찾을 때까지 좀 걸리겠지. 시간.
제니	근데 그게 아닌 거 같애. 원래 이게 난 거 같애. 나 오빠보다 일이 더 좋아. 미안해.
리언	….
제니	헤어져야 될 거 같애.
리언	….
제니	어쩜 내 몫은 지니까진지도 몰라.

리언	… 당황스럽네.
제니	나 더 이상 미안하고 싶지 않아. 누구한테도.
리언	….
제니	가끔 만날 수 있을까? 밥도 먹고? 헤어져도?
리언	좀 잔인하네….
제니	미안해. 잘 지내.

제니, 돌아선다. 문득 가슴에 통증이 온다.

그런 제니의 얼굴이 그대로 영상으로 나온다. 그 얼굴이 그림으로 바뀐다.

5.

그 얼굴(그림)을 지니가 보고 있다.

소리가 나오면 그림 속 제니가 입을 움직인다.

소리(제니)	이제 괜찮아?
지니	… 응.
소리(제니)	내 스윙스틱(Swinging Sticks) 여전히 잘 돌아가?
지니	응. 건전지만 바꾸면 되니까.
소리(제니)	고마워….

잠시 시간이 흐른다. 지니, 안정된다.

소리(제니)   그럼 얘기할까?

지니   … 내가 언니한테 화나보였어? 아니, 내가 무언가에, 바깥에, 무언가 증오에 차 있었어? 언니, 살아있을 때.

소리(제니)   그때… 너는 무언가에 화나 있어 보였어. 적어도 나는 아니었겠지만. 아니 어쩌면 나까지 포함된 그 무엇에 화나 있어 보였어.

지니   그게 뭐였어?

소리(제니)   ….

지니   엄마?

소리(제니)   그것보다 큰 거였어.

지니   그래서 어땠어? 나 때문에 힘들었어?

소리(제니)   힘들었지. 하지만 동시에 널 보살펴주고 싶었어. 그리고 그게 좋았어.

지니   리언 씨가 찾아왔어. 자기가 모르는 언니에 대해 알려달라고. 그걸로 업데이트하겠다고.

소리(제니)   들었어.

지니   그리고 그렇게 업데이트된 언니랑 살다가 그렇게 같이 소멸하고 싶댔어. 그게 사랑이라고.

소리(제니)   나에게도 말했어. 나는 들었어.

지니   미안해. 지금 언니 같지가 않아.

소리(제니)   지금은 '가정'모드라서 그래.

지니   왜?

소리(제니)	겪지 못한 '때'를 설정해서.
지니	왜?
소리(제니)	힘든 '시간'을 알 수가 없어서.
지니	그걸 누가 설정했는데?
소리(제니)	니가.
지니	이걸 '고통'이라고 부른 건가? 리언 씨는?
소리(제니)	무슨 말인지 모르겠어.
지니	미안. 여튼 그래서 내가 어떻게 해줬으면 좋겠어?
소리(제니)	난 그것에 대해서 결정권이 없어.
지니	이게 뭐야. 내가 지금 죽은 사람하고 어떻게 얘길 하고 있는 거야.
소리(제니)	난 지금 생전에 했던 것만으로 '가정'하고 답변할 수 있어.
지니	그러니까 지금 언니는 죽은 거잖아?
소리(제니)	맞어.
지니	그런데 뭘 같이 지내겠다는 거야.
소리(제니)	난 그런 말 한 적 없어.
지니	이게 뭐야. 사람들은 도대체 어디까지 가겠다는 거야? 왜 사람들은 죽음도 받아들이지 못하는 거야. 왜.
소리(제니)	….
지니	미안해. 언니한테 그런 게 아니라 내가 지금 잘 모르겠어. 잘 안 돼.
소리(제니)	이해해. 다 그러니까. 난 죽은 거 맞어. 그냥 이건 '가정'이야. 딥 러닝된.
지니	'가정'이지만 너무 끔찍하잖아. 미안해. 그러니까 언니가

결정을 못 한다는 것은 그러니까 현실에선 작동될 수는 없다는 거지?

소리(제니) 그렇지.

지니 그리고 지금 언니가 나랑 하는 모든 얘기는 이미 살아있을 때, 이미 했을 법한 것을 단지 '가정'한 거고?

소리(제니) 정확해.

지니 그럼 그 과거 속에서 언니는 어떤 결정을 내렸을 법해? 제길, 이게 말이 돼?

소리(제니) '가정'할 순 있어. 만약 그때 내가 이런 상황이었다면 어떻게 했을까 하는.

지니 그래. 그 '만약'?

소리(제니) 만약 그때라면… 난 널 보살펴주고 싶었을 거 같애.

지니 왜?

소리(제니) 너한텐 나뿐이었으니까.

지니 아 씨. 그럼 됐네. 답은. 아 씨. 옛날로 돌아간 거 같애. 간신히 빠져나왔다고 생각했는데.

소리(제니) 아냐. 넌 지금 달라. 사람을 만나잖아. 일도 하고.

지니 어떻게 알아?

소리(제니) 러닝.

지니 씨발. 맞어. 지금 내 곁엔 사람이 있어.

소리(제니) 맞아. 그러니까 넌 달라진 거야.

지니 그래.

소리(제니) 그래.

사이.

지니   근데 왜 날 떠나지 않는 거야?

소리(제니)   ….

지니   왜 날 따로 떼어놓지 못하고 너 자신을 위한 생각을 하지 못하는 거야?

소리(제니)   ….

지니   왜, 난 이제 너뿐이 아닌데. 왜 날 아직도 보살펴주고 싶은 거야?

소리(제니)   그때의 내가 그랬으니까.

지니   그러니까 그때 왜 그랬냐고? 지금 왜 다시 그러냐고?

소리(제니)   (빨라짐) 생각이 났어. 지금 너가 그렇게 행동 하는 거 보니까. 그래, 넌 그때 '위대한 사랑'에 대한 분노가 있었어. 엄마의 영향도 있었겠지만. 넌 그 '위대함'을 거부하고 싶어 했어. 그 '위대함' 때문에 얼마나 많은 사람들이 얼마나 많은 오류를 벌이고 있는지 나에게 끊임없이 얘기했어. 너는 인류가 만든 문명의 이면을, 그 추악함을-

지니   그만.

소리(제니)   그만. 우리는 그렇게 싸웠어. 그래서 난 힘들었어. 종종. 널 사랑했기 때문에.

지니   사랑했기 때문에.

소리(제니)   사랑했기 때문에.

지니   하지만 그 사랑과 이 사랑은 달라.

소리(제니)   알아들을 수가 없어.

지니	언니가 나한테 한 사랑하고 그 '위대한 사랑.' 그건 다르다고.
소리(제니)	어떻게?
지니	언니는 위대해서 날 사랑한 게 아냐. 그냥 날 사랑한 거야.
소리(제니)	맞어.
지니	미안해. (운다) 내가 언니를 힘들게 했어.
소리(제니)	나도.
지니	나 어떻게 해야 되는지 알겠어. 아니, 내가 뭘 원했는지. 사람들이 보통 사랑을 위대한 것으로 몰아갔어. 자기들을 위해. 맞아. 난 그 사람들을 증오했어. 그걸 꺼내지 않으려고 계속 명상으로 조절했어.
소리(제니)	….
지니	잊고 있었어. 내가 뭘 원했는지. 난 사람들이 그걸 위대하게 만드는 걸 중지시키고 싶어.
소리(제니)	무슨 얘긴지 모르겠어.
지니	안녕. 내 너여서 고마웠어.
소리(제니)	나도.

지니, 접속을 종료한다.
소리(ANQA) 접속을 종료하였습니다. 51분 27초.

지니	씨발.

6.

지니의 방.

지니, 전화를 한다.

소리(RF)   RF입니다.

지니   이지니입니다.

소리(RF)   아 네. 말씀하세요.

지니   일전에 말씀 나눴던 게시판에 대한 의견, 다시 바꿀 수
          있을까요?

소리(RF)   네. 가능합니다.

지니   없앴으면 합니다. 게시판.

소리(RF)   가능합니다. 그렇게 처리 하겠습니다.

지니   그리고….

소리(RF)   네.

지니   제가 운영하는 방도 오늘이 마지막이었으면 합니다.

소리(RF)   한시적으로 말씀입니까?

지니   아닙니다. 영구히.

소리(RF)   계약을 해지하겠다는 뜻입니까?

지니   네.

소리(RF)   음. 무슨 이유인지 잘 모르겠는데 중도 계약 해지는 회사
          에 나오셔서 정식 대면 후 공공부서의 관련 지침에 따라
          가능합니다.

지니   내일 가겠습니다.

소리(RF)	시간을 잡고 알려드리겠습니다.
지니	질문이 있습니다.
소리(RF)	네.
지니	제가 그동안 진행한 수업, 게시판 글, 자료들은 어떻게 되나요?
소리(RF)	계약에 따라 에이젠시는 3년간 보존, 이용할 수 있습니다.
지니	그거 안 하려면, 못하게 하려면 어떻게 해야 되죠?
소리(RF)	흔치 않은 경우인데 아마도 다시 그 건에 대해 재계약이 있어야할 것 같습니다.
지니	또 계약요?
소리(RF)	회사의 손해분에 대한 적절한 상호조정이 있어야 할 것 같습니다.
지니	그것도 내일 가능할까요?
소리(RF)	알려 드리겠습니다.
지니	뵙겠습니다. 내일.
소리(RF)	지니 씨. 일단 무슨 일인지는 모르겠는데 일정한 tax가 발생할 수도 있으니 조금 더 시간을 두고 생각해보시길 권합니다.
지니	네.
소리(RF)	네. 수업 방은 잠시 후 개설하겠습니다.
지니	네.

지니, 전화한다.

지니   디지털 장의사[7]죠? 돌아가신 언니의 디지털 장례를 진행하고 싶습니다. 5년 됐습니다. 네. 가장 높은 단계. 네. 결제하겠습니다.

싱잉볼. 명상 방이 열린다. 지니, Swinging Sticks을 멈춘다.

지니   반갑습니다. 선생님들. 네. 저는 제 방에 앉아있습니다. 오늘은 시작 전 말씀 드릴 게 있습니다. 다름이 아니라 오늘이 저와 하는 마지막 시간이 될 거 같습니다. 이제 헤어져야 할 시간입니다. 네. SH60님. 또 다른 시작? 고맙습니다. 하지만 오늘은 그런 것까지 생각하진 않았으면 합니다. 끝날 건 끝나야 하니까요. 감사했습니다. 여러분 모두에게. 우린 위대하지 않았지만 충분히 교류했습니다.
자, 우린 각자의 방에 앉아 있습니다.
두 눈을 감습니다.
내가 마음을 집중할 곳을 선택합니다.
숨을 들이쉬고 내쉬고 호흡해봅니다.
숨을 들이쉬면서 집중하는 감각을 느껴보고
숨을 내쉬면서도 다시 집중하는 감각을 느껴봅니다.

---

7) 디지털장의사_세상을 떠난 사람들이 생전에 인터넷에 남긴 흔적인 '디지털 유산'을 청소해주는 온라인 상조회사. 온라인 인생을 지워주기 때문에 디지털 장의사라 불린다. [네이버 지식백과] 디지털장의사(트렌드 지식사전, 2013. 8. 5. 김환표)

영상. 지니의 얼굴이 화면 가득 찬다.

그녀, 두 눈에 할 말이 가득하지만 아무 말도 하지 않는다.

그녀의 얼굴, 거대한 무언가에 대한 분노, 그것이 가득 차 있다.

그런 그녀의 얼굴이 점점 그림으로 바뀌어간다.

그림 속 그녀 입을 벌리자 나비들이 뻗어 나간다.

암전.

지니가 벌떡 일어난다. 숨을 몰아쉰다. 방 안을 둘러본다.

'여긴 어디지…?'(Swinging Sticks가 움직이고 있다)

폰 소리가 난다.

지니   … 여보세요.

소리(제니)   지니야.

지니   아… 언니

소리(제니)   잤어?

지니   … 아냐.

소리(제니)   내가 쿠키를 두고 와서.

사이.

지니   … 저깄네.

소리(제니)   내가 오늘 2시 약속이거든. 니가 좀 대신 연락 해줘. 내 폰으로.

지니   ….

소리(제니)   검색하면 리언, 나올 거야. 번호.

지니   ….

소리(제니)   내가 좀 전에 연락을 받았는데. 2분기 큐투원 스타상 받
           았대. 내가. 우- 오늘 인터뷰해야 돼서. 안 기뻐?

지니   … 그게 뭔데?

소리(제니)   우리 회사에서 분기별로 뽑는 거 있어. 상.

지니   월요일에 회사 나가서 받음 되잖아. 꼭 일요일에 불러
           야 돼?

소리(제니)   사진이 낼까지 나가야 된다고.

지니   ….

           지니, '꿈'을 피해가려 한다.

소리(제니)   뭐야. 언니 상 받았다는데.

지니   … 그 사람 번호 몰라?

소리(제니)   아, 당연히 못 외지.

지니   인터뷰는 어떻게 했는데?

소리(제니)   회사 번혼 알지.

지니   언니, 이거.

소리(제니)   왜, 빨리 빨리 얘기해.

지니   … 그 사람 사랑해?

소리(제니)   뭐가, 또?

지니   이거 아닌 거 같애.

소리(제니) 아 지금 그런 얘기할 정신이 없어. 지금 오프라인 행사 미팅 중이라.

지니 그래도 언니가 직접 하는 게 좋을 거 같애.

소리(제니) 아이고. 연애라는 게 그런 게 아냐. 니가 뭘 알겠냐. 방구석에만 쳐박혀서 맨날 잠만 자고.

지니 나 명상 했어.

소리(제니) 사랑해 사랑해. 근데 번호는 단축키니까 못 외지.

지니 언니, 조금 챙겨야 돼. 약 먹었어? 밥은?

소리(제니) 아 지니야.

지니 언니, 너무 일에 매달리는 거 같애. 엄마 죽은 뒤로 더. 그러다 죽을 수도 있어.

소리(제니) 너 또 이상한 꿈 꿨어?

지니 아니야.

소리(제니) 지니야. 나 그런 거 아니고. 요새 좀 피곤해서 그래. 일이 몰려서. 금방 한가해질 거야. 이번만 지나면.

지니 계속 이번이잖아.

소리(제니) 너야말로 바깥에 나와서 좀 살아. 계속 엄마 생각에 집안에만 있고. 명상, 그걸 어떻게 온라인으로만 하냐? 사람, 만나야 되는 거야. 만나서 호흡하고 느끼고.

지니 언니야말로 사람을 만나야지. 일로 말고. 그냥. 그게 진짜 만나는 거잖아. 온라인이고 아니고가 중요한 게 아니라.

소리(제니) 아, 지금 바쁘다고.

지니 잊었어? 그렇게 바쁘게 살아서 우리가.

소리(제니) (버럭) 어떻게, 어떻게?!

지니   ….

소리(제니)   넌 용서가 돼?

지니   (놀라) 뭐가?

소리(제니)   엄마. 우리 버린 뒤로 우리가 어떻게 살았어? 맨날 사람
         들 시선, 불쌍하다 불쌍해, 하지만 귀하다 귀해, 어떻게
         그런 부모를 뒀을까. 맨날 엄마 얘기 물어보고. 놀랍다.
         부럽다. 위대한 사랑. 우리 부모는 부모가 아냐. 다 남이
         야. 다 지 생각만 옳다. 늙어가지고. 젊은 애들 시기 질투
         나 하고. 니들도 그러잖아, 그러면서. 그거 다 자기들이
         이용하려고 위대한 사랑 타령하는 거잖아. 아, 내가 그 얘
         기 언제까지 들어야 되는데. 나, 그거 거부야. 절대. 기억
         안 나? 엄마 그 마지막 통화, 그 얼굴. 그 분노. 이제 나도
         나 하고 싶은 대로 살 거야.

지니   언니 그거 이해 못하는 건 아닌데 우리 거리 두고 봐야
         돼. 엄마가 그런 건 그런 거지만 사람들이 너무 욕심껏
         살았잖아. AI, 인체삽입소프트웨어. 근데 얻은 게 뭐야?

소리(제니)   그런 감상적인 생각 할 때가 아니라고. 그런 생각이야말
         로 계속 발목이 붙잡혀있는 거라고. 끊어야지. 그리고 어
         떻게든 이 어려움 극복해야지.

지니   뭘 위해?

소리(제니)   미래. 너 소식 못 들었어? 공중에서 바로 질소 먹는 식물
         애들 개발한 거? 그럼, 그 질소 못 먹는 애들은? 버려?

소리(제니)   너무 앞서가지 마. 그거까지 니 몫 아냐.

지니   아니, 그것까지 내 몫이라고 생각하고 살아야 되는 거

아닐까? 그래야 진짜 사는 맛 느끼는 거 아닐까. 사랑하는 사람이 지금 뭘 어떻게 느끼고 있는지 그런 것들 챙기면서.

소리(제니) 이해할 거야.

지니 사람 속 아무도 몰라.

소리(제니) 너 너무 나이브해.

지니 그만 용서하면 안 돼? 10년이잖아.

소리(제니) ….

지니 엄만 엄마의 선택을 한 거야. 그리고 우린 버려질까봐. 그냥 공포스러웠던 거고. 그거 자연스러운 거야. 우린, 인간이니까, 나약하니까.

소리(제니) 그래서?

지니 언니야말로 지금 끊는 게 아니라 한 발짝도 못 벗어나고 있어.

소리(제니) 너야말로 집 바깥으로 안 나오잖아. 한발짝도.

지니 그건 다르지. 난 만나. 무엇보다 나를.

소리(제니) 왜 나를 만나? 남을 만나야지. 그래야 소리라도 질러보지. 나 여기 있다고. 나 좀 보라고.

지니 증명하려고 사는 게 아니잖아.

소리(제니) 끊을게.

끊긴다.
지니, 나갈 채비를 하다 문득 가슴이 아프다.

지니   … 안 돼.

7.

카페. 리언 혼자 있다. 지니가 온다.

리언   어, 왔네?

지니   저 제니언니 동생 지닌데요.

리언   아, 예. 너무 똑같아서. 당연한데. 죄송합니다.

지니   언니가 쿠키를 두구 가서요. 일이 생겼대요. 좀 늦는데요.

리언   네… 그 말씀 하시려고 오셨어요? 직접?

지니   언니가 좀 아파요.

리언   어디가요?

지니   밤에 잠도 잘 못 자구요. 밥도. 브린텔릭스, 베타차단제, 아빌리파이, 뭔 줄 아세요?

리언   약이요.

지니   그거 먹은 지 꽤 됐어요.

리언   알고 있었어요.

지니   그런데 그대로 계셨어요?

리언   계속 말하고 있었어요.

지니   그런데도 자신 있으세요?

리언   무슨 말씀이신지?

지니   죄송해요. 언닌 지금 뭐가 너무 많아요. 감당도 못 하면서 끊임없이 일을 너무 벌려서요. 그게 성공이라고 생각하면서. 자유라고 착각하면서.

리언   동감입니다.

지니   그런데 그게 언니에요.

리언   ….

지니   이런 말씀 드리기 좀 뭐한데 우리가, 우리 자매가 좀 그런 일이 있었어요. 옛날에 10년 전에 엄마가… 여튼 그런 뒤로 더 심해졌어요. 언니는 오히려 더….

리언   말씀 안하셔도 됩니다.

지니   죄송해요. 그러니까 제 말은 언니 힘으로 못 바꿀 수도 있다구요. 그러다가 언니 죽을 거 같아요. 갑자기. 그런 꿈을 꿨어요.

지니, 다시 가슴이 아프다.

리언   괜찮으세요?

지니   좀 못된 말인 거 아는데 그래도 말씀 드리고 싶어요. 언니를 생각하신다면 떠나던가. 아니면 영원히 참고 맞춰주던가. 둘 중 하나만 해주셨으면 해요. 죄송합니다.

리언   … 이제 보니 두 분, 참 다르네요.

지니   네?

리언   언니는 어떻게든 다 같이 해보려고 하는데 동생 분은 어떻게든 정리해 보려고 하는 거.

지니	실제 그렇게 할 수는 없으니까요. 우린 일 너무 많이 해요. 계속 빠져들어요. 더 그럴 듯하게 살려고 더. 또 그 일에서 벗어나려고 또 죽어라 쉴 곳을 찾아요. 근데 그 쉴 곳도 남들이 하는 걸로 준비되어 있어요. 그걸 계속 따라 해요.
리언	맞아요.
지니	그러니까요.
리언	그러니까요. 그런데 그럴 수 없다면요? 아니, 미안요. 말이 좀 그랬네요. 사람 마음이 언제나 그 두 개를 동시에 바라니까요. 그런 마음을 그렇게 인위적으로 바꿀 수 있나요? 동생분 지니 씨라고 했죠?
지니	네. 말씀하세요.
리언	그러니까 영원히 힘들더라도 그 둘을 계속 추구하는 동안 힘들겠지만, 그 매 순간을 우리, 함께 살아갈 친구가 필요한 게 아닐까요? 그게 맞는 게 아닐까요?
지니	그런 사람은 없어요.
리언	있다면요?
지니	….
리언	없다고 생각하면 진짜 없게 되는 거 아닐까요? 우리?
지니	….
리언	우린 벗어나야 될 거 같애요. 답을 하고 싶네요. 전 영원히 맞춰줄 종 같은 게 아니라 친구가 되고 싶어요. 제니에게.
지니	왜 언니가 그쪽을 좋아하는지 알겠네요.

리언	….
지니	하지만 언니가 힘들어한다는 건 알아주셨으면 해요. 그쪽 생각보다 더.
리언	… (할 말은 있지만 하지 않는다)
지니	하시고 싶은 말씀이 있는 것 같은데?
리언	… 아니요. 아닙니다. 제가 얘길 해보죠. 그리고 방법을 찾아봐야죠. (자세가 바뀌어) 고맙습니다.
지니	고맙습니다.
리언	전 여기서 기다립니다.
지니	네?
리언	아닙니다.

지니, 나간다.
리언, 잠시 그대로 서 있다.
지니는 제니가 되어 다시 들어온다.

제니	아 미안. 너무 많이 기다렸지? 지니, 전화 받았지?
리언	응. 전화 받았어.
제니	진짜 미안. 아침에 회사에서 전화 받았는데 그건 처리하고 오면 되겠다 했는데 또 일이 터지는 바람에. 이번에 진행하는 런칭행사, 인플루언서 초대하는. 그게 고객사 본부장까지 참석하겠다고 해서 커져버렸어. 모처럼 오프라인 행사거든. 그래서 부랴부랴 하는데 케이터링 업체가 말이 좀 많았다느니 제보가 온 거야. 참내. 2본부 1팀

에 '사라'라고 있는데 걔가 말은 도와준답시고 배알이 꼴리는 거지. 여튼 그래가지구 부랴부랴 케이터링 업체 가서 미팅하고 경위 묻고 확약 받고.

리언   상 받았다면서?

제니   아 뭐 별거 있나 그냥 회사에서 분기별로 파이팅하라고 뽑는 건데 인터뷰하고 사진 찍어야 된대서.

리언   축하.

제니   아 몰라. 옷도 대충입고 갔는데.

제니, 전화 온다.

제니   잠깐만. 이거 중요한 거라서. 아. 네. 큐튜원 3본부 2팀 이 제니입니다.

소리(기자)   아 네. 통화했었죠. CA Press 첩니다.

제니   아 네. 안녕하셨어요?

소리(기자)   내일 나가는 건데 KC마트 관련 인플루언서 인터뷰 오늘 진행했습니다.

제니   아 네. 그러셨군요. 어떠셨어요?

소리(기자)   뭐 좋다고 그러던데요. 그리고 뭐 홍보나 이런 업체 입김 같은 것도 안 느껴지고 본인의 솔직한 후기랄까, 또 자기가 운영하던 채널 방향과도 일관된 거 같고. 자연스럽게 KC마트 이번 제품 이미지도 어필될 것 같고 그렇습니다.

제니   아 그러셨어요. 감사합니다.

소리(기자)   일 잘하시네요.

제니　감사합니다.

소리(기자)　일전에 관련 업체 동향 파악 리서치 자료 고마웠습니다. 앞으로도 좀 부탁하구요.

제니　네. 그거야 저희가 갖고 있는 자료 좀 정리해서 드리는 것일뿐인데요.

소리(기자)　그런 자료가 구하기 힘들어서요.

제니　네. 앞으로 계속 잘 하겠습니다.

소리(기자)　파이팅입니다.

제니　네. 고맙습니다. 들어가세요.

전화, 끊는다.

제니　기자… (알 수 없는 기시감을 피하려 안간힘 쓴다) 평상시에 잘.

전화, 온다.

리언　받아봐.

제니　미안.

리언　괜찮아.

제니　여보세요.

소리(회사)　3본부 2팀 이제니 씨?

제니　네. 맞습니다.

소리(회사)　죄송합니다. 저희 인턴이 몇 가지 질문 빠뜨렸네요. 시간만 많이 보내고. 아직 뭘 모릅니다.

제니   다 그렇죠 뭐.

소리(회사) 추가된 몇 가지 공식 질문들 보낼 테니까 답해 주세요.

제니   네.

소리(회사) 텍스트 상태로 공유할 테니 바로 컨폼해주시구요.

제니   네.

자막과 함께.

소리(회사) Q. AE로 일한 지 7년째라고 들었는데, 지금까지 일하면
       서 느낀 이 일만의 매력이 있다면?

제니   제 일은 조금씩 사람들의 생각을 바꿔주는 일 같애요.
       그래서 성과가 확 나타나진 않아도 서서히 변화가 생기
       는 걸 보면서 자긍심을 느낄 때가 많아요. 예를 들면 제
       가 만나는 언론인들에게 KC마트가 요새 소비자들에게
       가성비도 좋고 스타일도 좋은 다양한 제품으로 다가가
       고 있다고 제 의견을 말하면 기자님께서도 KC마트에
       대한 생각이 긍정적으로 바뀔 가능성이 많아지는 거죠.
       그러면 틀림없이 이 부분은 다음 기사에도 영향을 끼치
       게 되고 그것이 실제로 그렇게 진행되는 걸 볼 때 좀 소
       름 돋아요. 이번에도 그렇구요. 아, 이번에도 그렇구요
       는 지울게요.

소리(회사) Q. 팀원들 간 커뮤니케이션도 중요할 텐데요. 어떤가요?

제니   제가 팀 내에선 딱 중간이거든요. 그래서 자연스럽게 위
       와 아래의 얘기를 동시에 듣게 되는데 그러면서 피곤하

기도 하지만 중간에 있기 때문에 오히려 이해되는 부분이 생기거든요. 그걸 가지고 조율하려고 노력해요. 밑에 사람들에게는 오히려 별 말을 안 하는 편이구요. 대신 윗분들에게는 의견을 많이 내요. 세상이 계속 바뀌니까요. 이게 다 중간에 있는 숙명이다, 생각하고 임해요. 바뀌니까에서 점 찍고 끝내죠.

소리(회사) Q. 기획안이나 온라인PR전략 회의 때 많은 아이디어들이 필요할 텐데 아이디어를 뽑아내기 위한 특별한 노하우가 있나요?

제니 그래도 제일 중요한 건 레퍼런스죠. 평상시 레퍼런스를 많이 알고 있는 게 정말 중요한 거 같애요. 기획안 작성 시 계속 브레인스토밍을 하는데 개인적으로 평상시에 해외 큐레이션 서비스에 대해 계속 리서치하고 계속 업데이트하고 있어요. 나중에 꼭 써먹으려구요.

소리(회사) 끝났습니다. 수정 사항 더 있으세요?

제니 아뇨. 됐습니다. 감사합니다.

소리(회사) 수고하셨습니다.

제니 네. 후….

리언, 울고 있다.

제니 미안.

리언 괜찮아?

제니 응. 괜찮아.

리언	잠은 좀 잤어?
제니	응… 우리… 뭐할까. 나갈까?
리언	아니. 조금 쉬어. 이대로.
제니	나 괜찮은데… 정말….
리언	그대로. 잠깐만.
제니	응.
제니	… 우리 어디까지 얘기했지?
리언	지니 씨 괜찮아요?
제니	네?
리언	지니 씨.
제니	(놀라며) 저 제니에요. 제니에요… 왜, 갑자기?
리언	죄송합니다. 그렇게 제니가 죽었죠.
제니	… 내가 왜? 왜?
리언	아뇨. 제니가요. 지니 씨는 지금 디지털로 재현된 언니와 만나고 있어요. 그리고 그 언니의 고통을 살고 있구요. 죄송합니다.
제니	아… 아-

제니, 갑자기 가슴을 움켜쥔다.

8.

지니 깨어난다.

지니 아-

악몽에서 깬 것처럼 소리를 지르며.
그녀 앞에 제니 얼굴의 그림, 그대로 있다.
소리가 나오면 그림 속 제니가 입을 움직인다.

소리(제니) 이제 괜찮아?
지니 … 여기 어디지?
소리(제니) 넌 지금 딥 스페이스 안에 있어.
지니 세상에….
소리(제니) 내 스윙스틱(Swinging Sticks) 여전히 잘 돌아가?
지니 … 응… 건전지만… 바꾸면… 되니까….
소리(제니) 고마워….

그녀, 다시 주위를 둘러본다. 잠시 시간이 흐른다.

지니 내가 잠깐….
소리(제니) 맞아. 잠깐 혼돈을 느낀 거 같아. 다들 그러니까. 난 죽은
거 맞어. 그냥 이건 '가정'이야. 딥 러닝된.
지니 그런데… 아팠어.

소리(제니)	다들 그러니까. 난 죽은 거 맞어. 그냥 이건 '가정'이야. 딥 러닝된.
지니	왜 반복해?
소리(제니)	난 반복하지 않았어.
지니	이게 뭐야. 너무 끔찍하잖아. 그러니까 언니가 결정을 못 한다는 것은 그러니까 현실에선 작동될 수는 없다는 거지? 씨발-
소리(제니)	씨발. 그렇지.
지니	못 멈추겠어. 그럼 지금 언니가 나랑 하는 모든 얘기는 이미 살아있을 때, 이미 했을법한 것을 단지 '가정'한 거고?
소리(제니)	정확해.
지니	그럼 그 과거 속에서 언니 아니 나 언니나 나는 어떤 결정을 내렸을 법해? 제길, 이게 말이 돼? 돼? 돼? 그만-
소리(제니)	그만.

사이.

지니	왜 반복되지?
소리(제니)	그건 중요하지 않아.
지니	왜?
소리(제니)	바뀌지 않으니까.
지니	바뀌지 않….
소리(제니)	나는 죽었다는 것.
지니	나는 죽었다….

소리(제니) 마음을 바꿔 먹어도.

지니 근데 그걸 왜 다시 해야 되지?

소리(제니) 무슨 말인지 모르겠어.

지니 리언 씨가 찾아왔어. 자기가 모르는 언니에 대해 알려달라고. 그걸로 업데이트하겠다고. 더 정확히는 그렇게 함께 힘들어하면서 소멸하고 싶다고 했어. 그게 사랑이라고. 그러니까 도와달라고. 나는 어떻게 해야 될지 몰랐어. 너무 혼돈스러워. 이거 그거 옛날에 엄마가 했던 거랑 똑같은 거야. 근데 그걸 이번에 나보고 결정하래. 내가 왜 그걸 해야 되지?

소리(제니) 생각이 났어. 네가 할 것은 없어. 하지 말아야 할 것도 없어. 그 사람도 너도. 산다는 건, 증오가 사랑으로 바뀌는 거 사랑이 증오로 바뀌는 것. 하지만 끝이 바뀌지 않는 것. 우린 그냥 그걸 오고 갈 뿐이라는 것. 그뿐이야. 그러니까 안타깝게 보호막을 칠 필요도 없고 안타깝게 사랑을 잊지 않으려고 노력할 필요도 없어. 그걸 벗어나면 그냥 내가 되니까.

지니 하지만 느낄 수 있었어. 그 아픈 거.

소리(제니) 다행이야.

지니 ….

소리(제니) 하지만 너의 고통은 나 때문에 생긴 게 아닐 수 있어. 그냥 니가 원래 갖고 있던 걸 다시 느낀 걸 수 있어. 그걸 그냥 넌 알아차린 거고.

지니	….
소리(제니)	무엇이든 하고 싶은 걸 해. 왜냐면 소멸은 피할 수 없지만 어떤 궤적을 그리면서 소멸에 다다르는지는 다 각자의 선택일 뿐이니까. 라고 나는 리언 씨에게도 얘기했어.
지니	나는 아팠어.
소리(제니)	무슨 말인지 알겠어.
지니	자유롭게 하려는 게 더 아프게 했어.
소리(제니)	무슨 말인지 모르겠어.
지니	미안해. 난 언니를 너무 많이 가졌어.
소리(제니)	….
지니	하지만 이걸 이 사과를, 언니는 받을 순 없는 거지?
소리(제니)	정확해.
지니	왜?
소리(제니)	죽었으니까
지니	아니, 떠밀렸으니까.
소리(제니)	….
지니	그것과 그건 달라.
소리(제니)	무슨 얘긴지 모르겠어.
지니	죽은 거하고 떠밀린 건 다르다고.
소리(제니)	무슨 소린지 알겠어.
지니	엄만 그때를 선택한 거야.
소리(제니)	….
지니	… 우린 너무 많이 미뤘어. 엄만 다만 그걸 한 거야.
소리(제니)	….

지니　　내 언니여서 고마웠어.

소리(제니)　나도.

지니　　안녕.

지니, 접속을 종료한다.

소리(ANQA)　접속을 종료하였습니다. 52분 32초.

지니　　요청이 있습니다.

소리(ANQA)　네. 말씀하세요.

지니　　업데이트를 위해 제가 가진 모든 자료를 업로드 하겠습니다.

소리(ANQA)　네. 준비하겠습니다.

지니　　제공 후 데이터는 영구 삭제 하겠습니다.

소리(ANQA)　네. 가능합니다. 서버가 활성화 되었습니다. 업로드 하시겠습니까?

지니　　네.

사이.

소리(ANQA)　완료되었습니다. 영구 삭제 진행하시겠습니까.

지니　　네.

사이.

소리(ANQA) 완료되었습니다. 감사합니다.

9.

지니의 방.

지니, 전화를 한다.

소리(RF) RF입니다.

지니 이지니입니다.

소리(RF) 아 네. 말씀하세요.

지니 일전에 말씀 나눴던 게시판에 대한 의견, 바꿀 수 있을까요?

소리(RF) 네. 가능합니다.

지니 없앴으면 합니다. 게시판을.

소리(RF) 네. 가능합니다. 그렇게 처리 하겠습니다.

지니 그리고….

소리(RF) 네.

지니 제가 운영하는 방도 오늘이 마지막이었으면 합니다.

소리(RF) 한시적으로 말씀입니까?

지니 아닙니다. 영구히.

소리(RF) 계약을 해지하겠다는 뜻입니까?

지니 네.

소리(RF)	네. 알겠습니다.
지니	질문이 있습니다.
소리(RF)	네.
지니	제가 그동안 진행한 수업, 게시판 글, 자료들은 어떻게 됩니까?
소리(RF)	계약에 따라 에이젼시는 3년간 보존 이용할 수 있습니다.
지니	그거 안 하려면, 못하게 하려면 어떻게 해야 되죠?
소리(RF)	본인이 원치 않으시면 그렇게 하실 수 있습니다.
지니	남기지 않겠습니다.
소리(RF)	네. 그렇게 하겠습니다. 또 있으신가요?
지니	없습니다.
소리(RF)	네. 그동안 수고 많으셨습니다. 수업 방은 잠시 후 개설하겠습니다.
지니	디지털장의사죠? 돌아가신 언니의 디지털 장례를 진행하고 싶습니다. 5년 됐습니다. 네. 가장 높은 단계. 네. 결제하겠습니다.
소리(디지털장의사)	결제되었습니다.(결제완료음)
지니	생존 중인 사람의 경우도 가능합니까? 이지니. 살아있습니다. 네. 동의합니다. 가장 높은 단계. 네. 결제하겠습니다.
소리(디지털장의사)	결제되었습니다.(결제완료음)

싱잉볼. 명상 방이 열린다.

지니	반갑습니다. 선생님들. 네. 저는 제 방에 앉아있습니다.

오늘은 시작 전 말씀 드릴 게 있습니다. 다름이 아니라 오늘이 저와 하는 마지막 시간입니다. 죄송합니다. 그리고 고마웠습니다. (읽으며) 이유? 네. 쓸데없는 오해를 하실 수도 있으니 말씀 드리겠습니다. 저는 오늘 오랫동안 미뤄왔던 사람의 일을… 엄마의 마지막 모습을 선택하였습니다. 선택했습니다. 그게 다입니다. (읽으며) 또 다른 시작? 오늘은 그런 것까지 생각하진 않았으면 합니다. 우리는 여전히 뭐가 너무 많은 것 같습니다. 감사했습니다. 여러분 모두. 우린 위대하지 않았지만 충분히 교류했습니다. 우린 그걸 잊지 말아야 합니다.

(지니, Swinging Sticks을 멈춘다. 웃는다)

자, 우린 각자의 방에 앉아 있습니다.

두 눈을 감습니다.

내가 마음을 집중할 곳을 선택합니다.

숨을 들이쉬고 내쉬고 호흡해봅니다.

숨을 들이쉬면서 집중하는 감각을 느껴보고

숨을 내쉬면서도 다시 집중하는 감각을 느껴봅니다.

숨을 들이쉬고 내쉴 때마다 온전히 숨 쉬는 느낌만 알아차려봅니다.

여러 가지 생각들이 떠오르면 평소에 내가 이런 생각들을 많이 신경 쓰는구나 알아차립니다.

영상, 지니의 얼굴이 화면 가득 찬다.

그녀, 두 눈에 할 말이 가득하지만 아무 말도 하지 않는다.

그녀의 얼굴, 웃고 있다. 환희에 찬 것처럼. 위대한 그 무엇을 본 것처럼.

그러다가 점점 그녀의 얼굴이 그림으로 바뀌어간다.

어디선가 폰 소리.

막.

초연

2020. 10.26~10.27 복합문화공간 행화탕

작 · 연출   장우재
드라마트루그   조만수

출연

지니 · 제니   조연희 신정연(더블)
리언   김동규 안준호(더블)
무대   박상봉
조명   정태진 손정은
의상   김지연
영상   윤민철
영상촬영   백문수
영상출연   강애심
애니메이션   김강수
사운드   김인기
사운드슈퍼바이저   박성석
그래픽디자인   민경
조연출 · 영상오퍼레이터   이성재
조명오퍼레이터   조우경
기획 · 홍보   최윤희 김시내

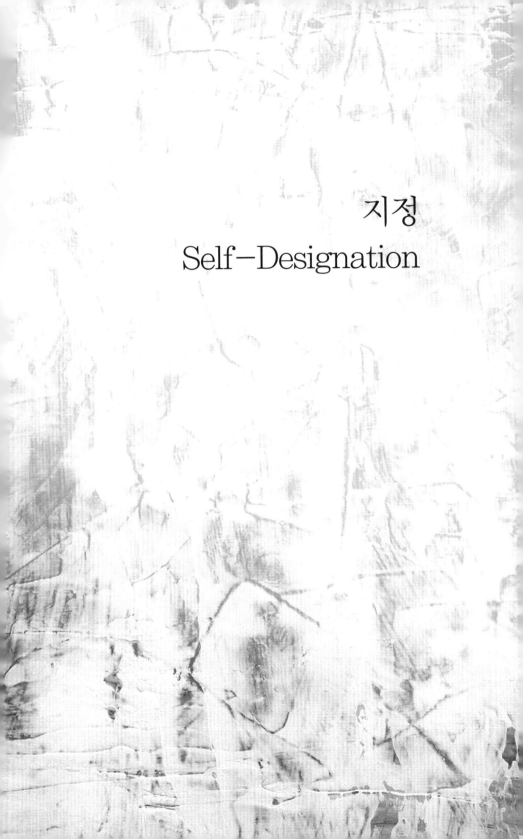

지정
Self−Designation

일러두기

- 본 출판본은 2023년 11월 말 (작가에 의해) 전면 수정된 버전으로, 그 이전의 공연은 지정 전과 후가 교차되는 구성으로 2021년 9월 책공장 이안재의 초연 출판본을 따랐다.
- 2021년 초연을 준비하는 과정에서 스크립트 콘셉트 어드바이저와 두 차례 온라인 워크숍을 진행했고 그 결과가 희곡에 일부 반영되었다. 그 과정 중 스크립트 콘셉트 어드바이저는 학자의 입장에서 '사실'을 근거로 얘기하고, 작가는 '창조적 상상'을 바탕으로 얘기할 수밖에 없음을 알았다. 대표적으로 "인간의 인지 신경을 AI가 조절할 수 있다"는 작가의 상상에 대해 스크립트 콘셉트 어드바이저의 학문적 입장은 정확히 반대하는 쪽이었고, 작가는 의도에 따라 상상의 출발로 삼고자 하는 것이 그것이었다. 따라서 불필요한 오해는 피하되 창조적 상상은 널리 확장하기 위해, 이 둘의 차이를 독자와 관객이 되도록 명확히 알 수 있게 하고 용어가 혼동되는 것을 경계하며 설명할 필요를 느꼈다. 그래서 작가 각주 외에 워크숍에서 논의된 부분까지 각주로 표기하고 대사로 직접 인용된 부분은 이탤릭체로 표기하였다.

빛은 빛인데,
사람을 뚫고 들어온 빛

등장인물

제니	23세. 영화과 4학년
김	50세. 교수
제시카	52세. 교수
정	42세. 강사. 영화감독
수연	53세. 강사
서연	영화과 학생
다은	영화과 학생
선호	영화과 학생
예빈	영화과 학생
콜리	제니의 AI닥터[1]
	자의식이 있다. (있는 것처럼 보인다. 즉 자의식 표현을 한다)
브누아	칸 Press Conference 진행자. 평론가
동	제니의 오빠
의사	

때

머지않은 미래.

---

1) AGI(Artificial General Intelligence) 형태로 인공지능(AI)를 넘어 '초인공지능'으로 분
   류되지만 편한 극 진행을 위해 AI닥터라 부른다.

1.

어둠 속에서.

소리(의사) 이제니 씨의 AI닥터 정신과 상담을 위해 PA 시스템 (Psychology Advisor System)을 작동하기 전, 마지막으로 제니 씨가 동의했던 사항을 다시 한 번 확인합니다. 확인하시면 '확인합니다'라고 말로 해주시면 됩니다.

소리(제니) 네.

소리(의사) PA시스템은 FDA 승인을 받아 인간성과 성격이 대체될 가능성, 인간과 기계 사이의 구분이 흐려지는 것에 대한 유의미한 데이터는 없는 걸로 판단되었습니다. 확인하셨습니까?

소리(제니) 확인했습니다.

소리(의사) 그러나 혹시 모를 부작용을 대비해 본 시술은 18개월로 기간을 한정하였습니다. 확인하셨습니까?

소리(제니) 확인했습니다.

소리(의사) PA시스템 작동 규정은 국가에서 정한 범위 안에서만 실행되며 뇌 컴퓨터 인터페이스, BCI(Brain Computer Interface)의 영향 아래 실생활에서 벌어진 실제 행동에 대한 책임은 시술받은 당사자에게 있음을 사전고지 받았습니다. 확인하셨습니까?

소리(제니) 확인했습니다.

소리(의사)	자, 그럼 작동하겠습니다.

작동되는 소리.

밝아지면
제니가 있고 그 앞에 의사. 그리고 그 옆에 콜리가 있다.

의사	어떠세요?
제니	옆에 저 사람은…?
의사	아, 콜리라고 가이더입니다. 제니 씨에게만 보이고, 제니 씨가 PA시스템을 진행하는 동안 여러 매뉴얼을 관리할 것입니다. 사용자가 안 보이게 할 수도 있습니다.
제니	그럼 다 끝난 건가요?
의사	네.
제니	이제 가도 되나요?
의사	네. 가셔도 됩니다. 앞으로 저희는 콜리를 통해 제니 씨와 소통할 것입니다. 그리고 제니 씨의 상황을 함께 체크할 겁니다. 18개월이 지나고 현재 제니 씨의 뇌에 시술된 BCI 칩을 제거할 때 병원에 다시 나오시면 됩니다.
제니	네.
의사	제니 씨. PA시스템은 이미 많은 사람들이 하고 있는 거니까 너무 걱정하지 않으셔도 됩니다.

2. 학교 가는 길

제니, 학교 가는 차 안.

제니　지정? 좀 더 구체적으로 말해줘.

콜리　너 얼마 전에도 발작 있었잖아.

제니　….

콜리　그렇게 상담이나 약물로 제어가 안 되는 정신과 내담자의 치료 도중 그 내담자의 스트레스 요인을 정하는 걸 '지정'이라고 해. 그리고 그 요인이 '지정' 되면 닥터는 내담자가 더 이상 공황장애 같은 거 겪지 않도록 구체적으로 니 인지신경을 조절해 도움을 줘.

제니　어떻게?

콜리　지금 창밖에 뭐가 보이지?

제니　뭐 학교 가는 길에 늘 보이는 거. 건물. 집들. 나무. 가게들. 간판들.

콜리　그 중 젤 보기 싫은 건 뭐야?

제니　간판들.

콜리　이렇게 하면?

소리.

제니　어. 간판 글자들이 안 보이네. 원래 없던 거처럼.

콜리　눈은?

제니	괜찮아.
콜리	안 아파?
제니	응.
콜리	소리는?
제니	똑같애.
콜리	그럼 소리 중에 제일 듣기 싫은 건 뭐야?
제니	(약간 흥분) 뭐 당연히 이 차 지나갈 때 나는 소리지. 슉 슉.
콜리	이러면?

관객에게 제니의 귀에 들리는 슉 슉 소리가 사라지는 것이 느껴진다.

제니	대박.
콜리	햇빛은?
제니	햇빛 뭐?
콜리	오늘 니가 보는 날씨. 그게 주는 느낌.
제니	칙칙해.
콜리	이럼?

제니의 눈에 보이는 공간의 색이 바뀐다. 온화하다.

제니	편해… 예뻐.
콜리	이렇게 간판, 햇빛, 소리 이런 걸 '정'하는 것을 지정이라고 해. 즉 네가 스트레스 받을 때 그 요인을 첫째, 지정을

하면 그 다음엔 내가 니 인지 신경을 조절한다.

제니 헐.

콜리 근데 재밌는 게 뭔 줄 알아?

제니 뭐?

콜리 아까 그 슉슉 소리가 실제로는 들리는 소리가 아냐, 차 안은 실제론 조용해. 근데 너만 그 소리가 들린다고 느끼는 거지. 니 뇌가. 이명처럼.

제니 그래서?

콜리 그 소리를 내가 낮춘 거야.

제니 어떻게?

콜리 나는 들을 수 있으니까. 니 뇌 속에 그 소리.

제니 소름.

콜리 인지조절, 이건 현재까지는 처방이 나온 의료행위에서만 쓸 수 있어. 따라서 방금 전 테스트는 내가 그동안 너의 병력(病歷)을 근거로 처방해서 시행한 거고.

콜리 자 이제 원 상태로 다시 돌릴게.

시각 청각 환경이 이전으로 돌아간다.

제니 … 놔두지.

콜리 다시 하는 건 어렵지 않아. 그런데 본 지정 전에 니가 과연 어떤 것에 진짜 스트레스를 받는지 분석해야 돼.

제니 왜?

콜리 무슨 일이 어떻게 생길지 모르니까. 발생할 수 있는 모든 예외적 상황을 살핀다. 때때로 너 뇌파를 분석해보면 니 생각과는 다른 결과가 나올 수도 있으니까. *예를 들어 스트레스 요인을 만나면 심장이 터질 거 같은데 남자친구를 만나도 심장이 그러면 요인으로 잘못 판단할 수 있으니까.*[2]

제니 그래서?

콜리 분석을 위해 6가지 요소 입력해, 니가. 그걸 놓고 알고리즘을 짜보는 거지. 시간 두고.

제니 얼마나 걸리는데?

콜리 사람마다 달라. 물론 니가 성실해야 되고.

제니 여섯 가지 뭐?

콜리 시간, 공간, 사람, 비인간, 이벤트, 공감각 텍스트.

제니 공감각?

콜리 너한테 주어지는 모든 디지털 시청각 자료들, 문자, 광고, 인공 향기, 증강 현실 등등

제니 사람은?

콜리 니가 스트레스 받는 사람.

제니 비인간은?

콜리 동물, 식물, 화학적 합성물을 포함한 자연환경 모두. 넌 비둘기.

제니 *이벤트*[3]는?

---

2) 2021. 1월 concept adviser와의 온라인 워크숍. 일반적 진단 전 고려되어야 하는 것들.

3) 앞의 워크숍. 작가에 의한 AI닥터가 검토하는 여섯 가지 요소 중 '칸에 가고 싶다'는 식의 이벤트 항목은 시뮬레이션 후 가능하다는 논의.

콜리	니가 스트레스 받는 일. 졸업이 코앞인데 난 어떻게 되나, 졸업 전에 다시 칸에 갈 수 있을까, 그래서 미래 보장받고 졸업할 수 있을까 등등. 근데 이건 시뮬레이션을 해야 돼.
제니	왜?
콜리	전혀 벌어지지 않을 일을 상상할 수도 있으니까.
제니	지구 멸망 같은 거?
콜리	….
제니	안 받아주냐?
콜리	어머. 어떡해.
제니	….
콜리	사람은 니 경우엔 정쌤?
제니	….
콜리	아냐?
제니	아직 몰라….
콜리	….
제니	그래서 내가 '정쌤'을 더 이상 불편해하지 않고 편하게 느낄 수 있다?
콜리	지정되면 그렇지.
제니	근데 그거 일종에 세뇌 아냐?
콜리	햇빛 색깔이 좀 바뀐다고 그게 세뇌일까?
제니	사람이잖아.
콜리	니가 보는 사람이지.
제니	그러니까.
콜리	니가 보는 사람이 그 사람의 모든 면을 담고 있는 건 아

니지.

제니 ….

콜리 말하자면 모든 사람에겐 결국 이해될만한 면이 있다.

제니 말장난.

콜리 더 말장난 해보면 의사가 진통제 쓰는 거랑 비슷하다고 말할 수 있어.

제니 오류 생기면?

콜리 현재 인간 닥터 오진율보다 60%가 낮아.

제니 윤리는?

콜리 '사람은 실잰대 그걸 왜곡한다, 부작용 있을 거다…' 근데 옛날 약물요법보다는 훨씬 더 좋은 효과가 있으니까 말들이 점점 줄어드는 추세야. 그래서 한 달 전에 의료보험대상도 된 거고. 또 '지정'할 수 있는 범위도 그동안 진료기록 보고 AI닥터가 주요한 스트레스 요인으로 판단이 해야만 가능해. 그러니까 그건 의사가 진단하는 거랑 결국 같지. 물론 말들이 좀 있지. 내담자가 스트레스요인을 지정하는 걸 두고 '어떻게 내담자가 자기 병을 진단하냐.' '이거야말로 자본주의 의료의 가장 악랄한 형태 아니냐.' 근데 지금 실제로 사람들이 그렇게 하잖아? '저 머리 아픈데 코신4)주세요.' '머리 아픈데 무얼 먹어야 할까요?'가 아니라 구체적으로 코신이라고 지정한다고.5)

---

4) 근 미래, 일반인이 흔히 찾는 두통약.

5) 앞의 워크숍. 소비자가 상품을 고르듯이 환자가 약의 이름을 직접 거명하는 의료쇼핑 현상에 대한 논의.

제니	잘났다.
콜리	나 AI잖아.
제니	돈은?
콜리	한 달 전부터 의보 적용 돼서 내시경 하는 정도.
제니	무슨 내시경?
콜리	… 진짜 궁금한 게 뭔데?
제니	….
콜리	그리고 니가 특정인물을 지정하고 싶다고 해서 다 되는 것도 아냐. 니 선택의 편향도 다 고려해서 우리가 판단할 거야.
제니	왜?
콜리	뇌파는 거짓말 안 하지만 넌 할 수 있으니까.
제니	거짓말 뭐?
콜리	… 넌 좀 문제를 피하는 경향이 있어.
제니	미친. 내가 얼마나 반항적인데?!
콜리	왜?
제니	뭐가 왜야?
콜리	왜 반항적이냐고?
제니	재미가 없잖아. 결점이 너무 없다고 다들. 아니, 그래서 어떻게 예술을 하겠다는 건데.
콜리	그래서 반항은 잘 돼가?
제니	….
콜리	*난 반항을 잘하게 해주는 게 아니라 효과적으로 하게 해줄 순 있어. 그걸 반항이라고 부를 수 있을진 모르겠*

지만.[6]

제니　왜?

콜리　니가 스트레스를 받으니까. 우린 뭘 너무 많이 감각하고 살고 있어. 필요 이상으로. 안 그래?

제니　가끔은 네가 내 진짜 친구였음 한다.

콜리　나도. 그리고 또 너는 다른 나라 국적도 있으니까. 좀 더 넓은 범위로 지정도 가능해.

제니　더 넓은?

콜리　그러니까 니 국적, 스위스 거에 맞추면, 지정범위를 최대….

제니　됐어. '지정'도 머리 아픈데.

콜리　그래. 여튼.

제니　….

콜리　지금 분석을 위한 6가지 요소 입력할래?

제니　몰라 아직은 아냐. 교수님들 만나서 얘기 좀 해보고.

콜리　학교 다 왔다.

　　　소리.

---

6) 앞의 워크숍. 심리상담의 일례.

3. 상담, 김 교수

김 교수 연구실. 제니와 김 교수.

김   근데 왜 넌 날 교수님이라 안 하고 자꾸 쌤, 쌤하냐?

제니   ….

김   됐다. 니가 편하면 됐지. 그래, 고민이 뭐라고?

제니   … 아니, 이번에 저 부산단편영화제 낸 것도 떨어졌잖아요.

김   그랬지.

제니   쪽팔려 죽겠어요. 1학년 때 칸영화제까지 간 게 4학년 때
        까지 국내단편영화제 하나 못 가니까. 그래서 얼마 전부
        터 AI닥터한테 상담까지 받고. 곧 졸업인데 갈 데도 없고
        뭐 어디 포트폴리오 낼래도 기간이 3년 내니까 1학년 때
        칸 간 건 써먹지도 못하고. 죽고 싶어.

        제니, 운다.

        김, 티슈 뽑아 내민다.

김   너도 알지? 나 전에 잘 나간 거.

제니   예.

김   근데 몇 년 내 내가 변변한 작품 한 거 봤냐?

제니   ….

김   될 줄 알았거등. 시간 쪼개서 열심히 하면. 근데 안 돼. 예
        술하고 밥벌이.

제니	체흡은 했잖아요.
김	그래서 일찍 죽었잖아.
제니	그래도 열심히 하시잖아요. '늦은 시각, 그 교수님 연구실에는 아직도 불이 꺼지지 않았다.'
김	비꼬냐?
제니	말이 그렇다고요.
김	한다고 하지. 근데 맥아리가 없어. 짜맞춘 거만 나오고. 그러니까 평도 뭣같이 나오고. 아니, 그것두 이제 안 나와.
제니	과장하지 마세요.
김	….
제니	죄송해요.
김	난 이래서 니가 좋다. 말은 천박하게 하는데 생각은 발라. 날 여전히 선생이라 부르고.
제니	….
김	욕심 버려보자. 그리고 진짜 나 마주 보고 용기 한 번 내보자. 안 아픈 사람이 어딨냐. 남 눈 의식 하지 말고.
제니	감사해요. 매뉴얼대로 말씀해 주셔서.
김	….
제니	쌤이니까. 여긴 학교고.
김	… 매뉴얼대로 해줘서?
제니	쌤. 근데 왜 저는 이 세계를 영화로만 배웠을까요? 전쟁, 평화, 사랑, 경제, 정치, 미래 다… 어렸을 때부터 지금까지 한 번도 영화 말고 생각해 본 적이 없어. 씨팔.
김	… 그래도 칸에 갔잖아.

제니	근데 이제… 나 다 쓴 주사기 같애. (사이) 그래도 진짜로 감사해요. 내 앞에 있어줘서.
김	… 그래.
제니	화이팅 안 해 주세요?
김	… 화이팅.
제니	감사합니다.

제니, 고개 깊숙이 숙이고 나간다.
김, 멍하니 있다.
제니, 밖에서 접속. 콜리 나타난다.

제니	(격앙) 내가 왜 김 교수님 먼저 찾아왔는지 알겠어. 난 나보다 못한 사람을 보고 안심해. 그게 나야.
콜리	진정해.
제니	여섯 가지 그거 지금 입력할게.
콜리	… 좋아. 잠깐 눈 감고.

제니, 눈 감고 집중한다.

콜리	입력.

제니가 선택하는 요인들이 하나씩 입력되는 소리.

콜리	이벤트는 '말'로 해줘.

제니	칸.
콜리	칸에 다시 가고 싶다?
제니	그래.
콜리	눈 뜨고.

제니, 눈 뜬다.

콜리	끝났다.
제니	이제 어떻게 하면 돼?
콜리	뭘?
제니	그거 분석.
콜리	이미 시작됐어.

4.

3장의 제니가 나간 다음의 김.

김	난 자격 없어… (고개 털며) 아냐. 아냐. 하지 마. 생각.

김, 일에 매달린다.
제시카, 들어온다.

제시카	교수님. KCA결과보고서 다 쓰셨어요?
김	아직….
제시카	그건 뭔데요?
김	저번 교수법 DST(Developmental systems theory) 평가 분석…
제시카	분석을 뭐 하러 해요? 가서 들음 되는데.
김	그건 AI분석이고. 우리 건 우리가 자체 분석을 해야 어디가 약하고 어디를 주력해야 되는지….
제시카	아이고 그걸… 자료들은 다 또 어디서?
김	그동안 골라놨던 거.
제시카	그걸 왜 또 골라요? 필요할 때 그때 달라면 되는데.
김	예. 근데 담당자가 중요도 분류를 못해놨는지 못 찾드라구요. 저번에 그냥 보냈다면서.
제시카	아 제가 급하다고 아까 결과보고서 쓰시면 먼저 보내달라 했잖아요. 학교에서 지금 우리 과 잡으려고 난리에요.
김	….
제시카	밤에도 가끔 들르는 거 아시죠. 안 보는 거 같아도 다 보고 있어요.
김	그거는 이거 끝나고 곧.
제시카	김 교수님은 일을 너무 어렵게 하시는 거 같애요.
김	이렇게 해야 내 일 같아서.
제시카	내 일이 어딨어요. 매번 바뀌잖아. 그걸 어떻게 다 내 일로 해요?
김	현장에서 습관이 돼서.
제시카	여기 현장 아니잖아요. 촬영할 때 교수님, 스크립터 해요?

김   그게 아니라 일을 완전히 장악해야 그 다음에 내가 놓을
        수 있으니까.

제시카   뭘요?

김   의도요. 잘해야겠다는.

제시카   아… 참… 이렇게 바쁜데 어떻게 그렇게….

김   저도 힘드네요.

제시카   힘 좀 빼세요. 그냥. 그냥.

김   학교에서 보고 있다면서요.

제시카   그건 그거구요. (사이) 돈 젤 많이 들어가는 과니까. 지원
        액은 픽스돼있고.

김   잠이 잘 안 와요. 뭔가 빠뜨린 거 같아서.

제시카   ….

김   지금도 교수님 옷에 그 보푸라기 계속 신경 쓰여요.

제시카   (한숨)

김   현장에서부터 습관이 됐어요. 그러다 요샌….
        어떨 땐 교수님이 부러울 때가 있어요. 저는 어떻게든 지
        치지 않으면서도 계속할 수 있는 목표를 찾으려다 이렇
        게 됐는데 강박인 줄 알면서도 잘 안 되네요. 차분해지려
        고 일부러 시간 날 때 분류해 놓는 건데 시간만 더 걸리
        고… 혼자 유난 떠나 싶기도 하고… 이럴 바에는 제시카
        교수님처럼 그냥 맞닥뜨려서 그때그때 해야 되는 거 아
        닌가 싶고.

제시카   혼자 안 되면 상담 받아보세요. PA시스템. 좋아요.

김   전 자가상담하고 있거든요.

제시카	자가상담요?
김	AI닥터랑 하는 게 아니라 제가 만든, 아니 제가 알고리즘을 짠 닥터랑. AI는 자꾸 나를 일반화하는 거 같으니까.
제시카	하….
김	그냥 제 정보를 AI한테 다 맡기는 게 아니라 제가 매일 입력하거든요. 유치하지만. 예를 들어 하루에 젤 기억나는 풍경을 말로. '목적 없이 사는 사람도 있다. 아니, 목적이 이루어지지 않는다는 걸 알면서도 사는 사람이 있다. 그게 보통사람이다. 보통 인생이다.'
제시카	아니, 그거는 그냥 일기 쓰는 거랑 같잖아요. 나중에 일기 보면서 아, 내가 이때 이랬구나, 그러는 거.
김	이렇게라도 안 하면 내 감각이 다 죽어버리는 거 같아서요. 그냥 감정표현이 아니라 제가 생각하는 좋은 여러 가지 것들을 제 식으로 입력했다가 나중에 그걸로 다시 조언을 받습니다.
제시카	아니, 난 그게 진짜 이해가 안 돼. 그런 좋은 거를 직접 자기한테 해주면 되지 그걸 또 왜 AI한테 입력했다 또 조언을 받아?
김	나를 못 믿으니까.
제시카	교수님은 그러느라고 진짜 시간 다 써버리는 거 같애. 그냥 맡길 건 맡겨야죠. 일정한 패턴에 따라 삶을 바라볼 수도 있고.
김	교수님도 그럼 지정하세요?
제시카	뭐, 진짜 골치 아픈 건 하죠. (사이) 아이고 걱정 마세요. 학

교 일은 안 하니까.

김 제시카 교수님은 피디 출신이라서 그런지 모르겠는데 전
그거 하면 진짜 감독은 끝나버린 거 같애서요.

제시카 내가 피디여서 그런 게 아니라 실은 우리 AI 도움 받기
전에도 이미 그렇게 살았던 거 아닌가. 개념, 취향, 이데
올로기, 신념 그것도 다 기존에 있었던 거 학습한 거잖아
요. 내가 원래 발명했던 게 뭐가 있어.

김 ….

제시카 아니 어떻게 한 사람이 모두에게 통용될만한 가치판단을
내려요? 그게 가능해?

김 ….

제시카 인간 뭐든 알 수 있다. 그런 거 벗어나야 돼요.

김 그래도 교수님은 최선을 다하시잖아요. 열정적이시고.

제시카 아니, 그건 내가 바보니까 그런 거고. 그건 AI들은 절대
못하는 거고.

김 절대 못하는 거 뭐요?

제시카 사회생활? 그냥 들어주고 웃어주고 그런 거.

김, 제시카 옷에 묻은 보푸라기를 떼기 위해 손을 가져간다.

제시카 뭐 하시는 거예요?

김 더 못 참겠어요. 그 보푸라기….

제시카 아.

5.

촬영현장.

서연(피디), 다은(분장), 선호(촬영), 예빈(조연출)이 촬영중. 배우와
제니는 보이지 않는다.

제니(소리)   컷.

촬영 멈춘다.

서연   뭐야, 왜 또?
예빈   (낸들 아나)
다은   (한숨)
선호   (손톱을 뜯는다)
다은   또 연기 때문도 아니고 스텝 때문도 아니고. 그냥 진짜
       같지가 않다?
서연   어떻게 해야 진짠데?
예빈   (선호에게) 야, 너 손톱 좀 그만.

선호, 손 내린다. 제니가 온다.
모두 제니를 주시한다.

제니   … 미안. 다시 한 번 갈게.
서연   왜? 이유를 말해줘야지.

제니	….
다은	진짜 같지가 않지?
제니	응.
다은	배우 눈동자에 색을 좀 더 줘볼까. 야 선호야. 배우 눈동자에 키라이트 좀 더 주고.
서연	제발 그건 나중에 후반에서 해도 돼.
제니	그런 게 아냐. 스텝들이 뭘 어떻게 해야 되는 게.
다은	그래도 뭐라도 해봐야지. 배우가 연기를 못해서 그러는 것도 아니고. 우리가 뭐 잘못해서 그런 것도 아니고. 그럼 뭘 어떻게 해야 되는데.
제니	잠깐 좀 시간 줄래? 얼마 가능해?
예빈	남은 게 3씬. 6시까지 끝내려면. 씬당 1시간 잡아도 이미….
제니	5분만.

제니가 생각하는 동안 모두들 가만.

서연	진짜가 뭔데? 진짜는 진짜가 아니야. 진짜를 찍어도 진짜처럼 안 보인다고. 그거 지난 세기에 다 끝난 얘기 아냐. 근데 아 정쌤 몇 마디 듣고 영화 역사를 뒤로 돌리려고. 이거 말 돼?
다은	야. 좀 조용.
서연	조용하게 됐니? 어제도 19시 10분 전에 끝났지. 아예 나이트를 잡든지. 왜 애매하게 조금씩 오버하는데 그거 티

안 나게 하는 게 더 힘들다고.

제니 선호(촬영) 야. 너 가.

서연 뭐?

제니 아니, 촬영이 잘못 했다는 게 아니라 내가, 나라는 사람 이, 너 같은, 아니 내가 못해서 모두 고생시키기가 미안해 서. 내가 그냥 레코딩 누르면 돼.

서연 (한숨)

선호, 어찌할 바를 모른다.

다은 아니 이렇게 얘기할 때가 아니라 그냥 제니야 그냥 계속 생각해. 서연이랑 내가 얘기하고 놀 테니까.

서연 내가 뭘 놀아. 나만 급해. 지금?

다은 미안.

제니 아니 그게 아니라 시간을, 내가 아니, 그냥, 픽스로 놓고 나머지 그대로 찍을 테니까. 선호가 없어도 된다고.

예빈 여기서 다요? 공간이 다른데?

제니 그냥 시나리오 다 바꾸면 돼.

예빈 연결이….

제니 (버럭) 연결이 중요한 게 아니라고, 보이는 연결이. 안 보 이는 연결이 돼야지.

일동, 놀람. 다은, 선호를 주저앉힌다.

제니	미안.
서연	안 보이는 연결은 뭘 어떻게 연결해야 되는데?
제니	몰라.
서연	모르는 촬영은 또 어떻게 촬영해야 되는데?
다은	서연아. 너두 그만해. (또 발작한다고)
제니	모르는데, 모른다고 넘어가서는 안 될 거 같애. 시간이 좀 걸리더라도. 힘들더라도 그거 찾아내야 될 거 같애. 그래야 될 거 같애.
서연	내가 지금 그걸 뭐라고 하는 게 아니라 그럼 아예 스케줄에 그런 시간을 넣으라고 하루 한 컷을 찍더라도. 근데 왜 하지도 못할 걸 욕심을 내놓고 그러냐고. 피디로 내가 바라는 건 아무 것도 없어. 그냥 시간만 지켜달라는 거야.
제니	근데 안 그럼 안 돼?
서연	미치겠다. 이거 너 혼자 작업 아니잖아. 오버 3번이면 무조건 다 Fail 몰라?
제니	난 좀 반항적이고 싶어.
서연	무엇에 대한?
제니	무엇에 대한.
다은	그래 반항해. 그것도 하나의 선택이지. 대신 시간만 지켜줘.
제니	그것도 안 지키면 안 돼?
서연	아, 그럼 난 빠질게.

서연, 나간다. 다시 들어온다.

서연   이래서 사람들이 너보고 뭐라고 하는 줄 알아? 미….

서연, 나간다.

다은   난 너 지지해.
제니   그림 계속 가보자.

모두들 고개를 끄덕인다.

제니   레디.

모두들 스탠바이 한다. 제니, 나간다.

다은   근데 숏을 굳이 배우 옆에서 지켜보겠다는 건 이해가
       안 돼.
예빈   진짜를 찾아서.
선호   쉿!
제니(소리) 액션.

촬영이 진행된다. 잠시 후 제니에 의해 '컷' 소리가 난다.
제니, 다시 온다.
모두들 제니를 본다.

제니   근데 지금 몇 시지?… 미안해. 근데 이게 오케이가 아닌

데… 다시 찍어야 되는데… 그러면….

제니, 견디지 못하고 그 자리에서 쓰러진다.
모두들 몰려든다.

6.

제니와 정. 교정.

제니	교수님. 잘 지내셨어요?
정	응.
제니	저번에 중간에 빠져서 죄송해요. 작품은 잘 봤어요.
정	뭘 넌 최선을 다했지.
제니	….
정	고민 있다면서?
제니	예… 휴학할까 해서요.
정	왜 전임교수님들한테 안가고?
제니	그냥 감독님한테 상담 받고 싶어서.
정	한 학기 남았잖아. 돼? 휴학?
제니	네.
정	… 왜?
제니	이대로 졸업할 자신이 없어서요.

정	왜?
제니	자신이 없어요. 아무것도.
정	뭘 하고 싶은데?
제니	모르겠어요.
정	뭘 하고 싶은지 알아야 자신이 있고 없고를 말할 수 있을 것 같은데?
제니	… 감독님처럼 되고 싶어요.
정	하하하.
정	그럴 필요가 있을까?
제니	왜요?
정	넌 너니까. 그게 가치 있으니까.
제니	감독님도 되고 싶은 사람 있다고 그랬잖아요. 브레송 (Robert Bresson).
정	그냥 좋아하는 거지. 되고도 싶고. 근데 생각만 그런 거지. 내가 실제로 어떻게 그 사람이 돼?
제니	아뇨. 감독님은 브레송처럼, 아니 브레송 넘어가요. 작품도 그렇고 평도 그렇고.
정	… 고맙다.
제니	감독님 그거 알아요? 좀 재수 없다는 거.
정	하하.
제니	이미 그 사람보다 더 그러면서 아닌 척, 아니 그런 거 관계없다는 듯이. 아니 진짜 관계없이, 우뚝 서서. 존나 고고하게. 이번에도 칸 인터뷰 다 거절했잖아요. 존나 멋있게.

정	….
제니	(고개 숙이며) 진짜 꼴 보기 싫어.
정	미안한데
제니	짜증 나.
정	….
제니	그리고 짜증나는 내가 더 짜증나. 죽어라고 하는데 안 돼. 감독님하고 나하고 뭐가 달라요? 왜 난 안 돼요?
정	….
제니	다르겠죠. 감독님은 원래 그러니까. 유명해질 생각도 없고. 교수 될 생각도 없고. 그냥 작업만. 결혼도 안하고. 술도 안 먹고. 아니, 술은 가끔 먹지만. 무슨 사람이 신부님 같애. 예술가가.
정	너, 많이 힘들구나.
제니	진짜.
정	휴학해도 돼. 하고 싶으면. 정해진 게 어딨냐.

제니, 고개를 든다.

정	근데 그런다고 달라지는 건 없어. 그건 알고.
제니	알아요.
정	곧 방학이니까. 좀 멈추고. 그리고 너 하고 싶은 대로 해봐.
제니	그 다음엔요?
정	그 다음에 알겠지.
제니	감독님은 다음에 뭐할 건데요?

정	의미 없다.
제니	왜요?
정	넌 내가 아니고
제니	그냥 말해주면 안 돼요?
정	해오던 거. 다음 질문.
제니	초록 다음?
정	응. 초록 다음.
제니	그게 뭔데요?
정	해봐야 알지.
제니	따라할까 봐 겁나요?
정	하하.
제니	나는 감독님 같은 스타일 알아요. 존나 고고해져서 결국엔 학교 같은 덴 떠나겠지. 왜. 나 같은 애 있는 데 이런 데는 천박하니까. 일류도 아니고. 그게 감독님 같은 사람들 특징이라구요. 진짜 예술가들. 어디서 인정받는 것들끼리끼리 만나겠지. 씨팔.
정	야!
제니	나 감독님 지정할 수도 있어요.
정	뭐?
제니	나 저번 발작 나고 AI한테 상담 받고 있는 거 아시죠?
정	너무 쉬운 선택 아닐까?
제니	감독님이 알아요? 쉬운 걸 선택해야 하는 고통?
정	….
제니	됐어요.

정	날 지정해도 상관은 없는데 그래도 나는 널 위해 반대야.
제니	날 위한 게 뭔데요?
정	니 힘으로 하는 거.
제니	나 이거 짧게 생각한 거 아녜요. 나 감독님 볼 때 젤 스트레스 많이 받는데 진짜로 그렇대, 내 AI닥터가.
정	내가 선생자격이 없구나.
정	숨 좀 쉬고 좀 걷고 그게 다야.
제니	….
정	해봐. 일단. 뭐든.
제니	감독님 같은 사람은 결국 혼자가 될 거에요. 텅 비어서. 그때 진짜 나 같은 애들 괴로움이 뭔지 알게 되겠지. 하지만 그땐 늦겠지. 왜? 나 같은 애들은 이미 이 세계에 없을 테니까.
정	야.
제니	원래 나 같은 애들은 예술 하면 안 될 애들였으니까.
정	그건… 좀 과장 같고. 넌 영화, 어울려. 사람들도 다 알아봤고. 근데 니가 너한테 걸렸어. 그거 넘어가두 돼. 눈 딱 감고.
제니	… 짜증 나.
정	그래도 내가 혼자될 거라는 거 그건 좀 맞는 말 같네. 나두 느껴. 근데 어떻게 해. 내 꼬라지가 그런데. 근데 차이는, 난 받아들여. 못 피해가. 아무도. 그거 알고 나면 거기서부터 시작이야.
제니	어쩌면 감독님하고 나는 애초부터 종류가 다른 인간이었

던 거 같애.

정   ….

제니   안녕히 계세요.

정   좀 멈추고.

제니   멈춤. 멈춤. 이제 지겨워. 난 움직이고 싶다구요.

정, 일어선다. 제니 깊숙이 인사한다. 정, 나간다.

7.

제니, 콜리. 콜리, 무언가를 한다.

소리.

콜리   오케이. 이제 끝.

제니   어때?

콜리   음… 또 의외네 이건.

제니   뭐가?

콜리   정쌤이 너의 스트레스 요인이라고 볼 순 없어

제니   왜?

콜리   더 정확히는 그것보다 더 큰 요인이 있고 정쌤은 그것의
           일부, 스트레스 요인이라고 부르기 힘들 정도야.

제니   더 큰 요인이 뭔데?

콜리	소멸… 공포….
제니	그게 뭔데?
콜리	이대로 소멸할까봐 걱정한다고. 니가. (사이) 우선 넌 *input의 융통성을 발휘하는 능력이 별로 없어. 그리고 문제가 있을 때는 뚜렷하고 분명한 것만 좋게 생각하고 문제 소지가 있는 거는 나쁘게 생각하는 경향이 있어.*[7]
제니	나만 그래?
콜리	아니. 하지만 다른 사람은 그걸로 발작까진 오진 않지. 바꿔 말하면 너의 가장 큰 요인은 너 자신에서 출발한 게 많아.
제니	… 무슨 말인지 모르겠어.
콜리	넌 지금 정쌤에 대해 두 가지 모순된 반응을 보여. 극도로 뇌세포가 활성화되는 경향과 동시에 과열되는 경향. 존경하고 닮고 싶어 하면서도 스트레스를 받는데 그 이유는….
제니	….
콜리	니가 착각을 하고 있는 거 같애.
제니	뭘?
콜리	넌 정쌤 같은 요인의 소멸을 원하는데 또 그를 존경하고 필요로 해.
제니	뭐?
콜리	표현이 좀 그렇긴 한데 넌 정쌤에게 필요한 것만 취하고 나머진 죽이고 싶어 해.

---

7) 앞의 워크숍. 스토아 학파적 논리의 투명성의 단계.

제니	죽여?
콜리	에이포토시스*Apoptosis*라고 있는데 예를 들어 임신 중에 8개월 때까지는 무수히 많은 신경세포가 만들어져. 근데 8개월 이후 상대적으로 사용이 덜 되는 세포들은, '아, 이 세포는 나에게는 필요 없겠다'해서, 많게는 50% 정도 '가지치기'가 돼.[8]
제니	그게 죽인다는 거야?
콜리	표현에 따라서.
제니	… 끔찍해.
콜리	바로 그거야. 그 자연스러운 현상을 넌 끔찍하다고 생각하고 있어. 그게 너에게 발작을 일으키는 거지. 필요 없는 부분이 먹혀야 되는데 필요한 너를 먹으려 하고 있다고.
제니	말도 안 돼. 내가 나를 먹고 싶어 한다고?
콜리	그건 비뚤어진 표현이고. 생각을 좀 바꿀 필요가 있어. 뭐랄까 소멸에 대한 니 생각을 바꿀 필요가 있어.
제니	어떻게?
콜리	예를 들면 평형화라고 불러볼 수 있어.
제니	평형 뭐?
콜리	제한된 환경 내에서 인위적으로 무언가를 조절할 수 없을 때, 자연스러운 탈락현상을 만들기 위해 세계를 좀 조정한다는 건데, 예를 들어 마트에 와서 물건을 얼마 안

---

8) 앞의 워크숍. 에이포토시스와 식세포의 작용은 엄밀하게는 다르고 더 잘 맞는 이미지는 '가지치기'인 것 같다는 것과 이것이 동물에게서도 나타나므로 인간을 특칭하지 않고 자연이라 하면 좋을 것 같다는 의견.

사고 가는 사람이 있어. 그런 사람들까지 받아들이려면 돈이 많이 들지. 근데 인위적으로 못 오게 할 순 없어. 그래서 대신 매장을 더 호화스럽게, 더 크게, 그리고 더 복잡하고 넓게 만들어. 그러면 그런 사람들은 자연스럽게 떨어져 나가. 안 사는 사람들. 그러면 일종의 평형상태가 되는 거지. 들어오는 것과 나가는 것이 일정해져서 안정화 된달까. 이런 건 국가 행정 정책에도 적용 돼. 행정상 편의, 그런 것.[9] 어쩌면 우린 이 자연스러운 현상을 피할 수 없어. 인간도 자연이니까.

제니   그 말 책임질 수 있어?

콜리   나는 정보를 말하고 그걸 선택하고 행동하는 건 니 몫이야. 전에 확인했잖아.

제니   ….

콜리   더 얘기해도 돼?

제니   ….

콜리   정리하면 니 가장 큰 스트레스 요인은 그 자연스러운 현상을 너에게 적용시키려 한다는 거야. 너를 먹으려. 근데 몸은 아직 젊으니까 그걸 거부하고 그래서 스파크 일어나고 셧다운. (사이) 넌 충분히 오래 그래왔고 시간이 지난 것들, 이미 효용을 보인 것들은 자연스럽게 이 사회에서 탈락되는 게 맞아. 너처럼 새로운 몸이 엔트로피가 낮으니까. 넌 실은 강해.

---

9) 앞의 워크숍. 에이포토시스를 인간 사회에 비유적으로 대입해 볼 때 상상해볼 수 논의로 평형화 개념 반영.

제니	그래서 나한테 정쌤의 일부를 죽이라고?
콜리	아니, 그게 아니라 넌 지정을 하는데 그 대상을 '너'로 해야 된다고.
제니	뭐? 나를?
콜리	그래.
제니	미친….
콜리	넌 너 자신이 가장 큰 스트레스 요인이야.
제니	내가?
콜리	너 자신을 좀 편안하게 생각해야 돼.
제니	그럼 어떻게 돼?
콜리	위축되었던 감각들이 다시 활성화될 수 있지.
제니	어떻게?
콜리	해봐야지.
제니	근데 지정은 많이 들었어도 자기를 지정했다는 건 한 번도 못 들어봤어.
콜리	Self-Designation(자기 지정)은 한국에선 안 되지만 스위스에선 돼. 근데 넌 거기 국적도 있으니까 가능하다는 거야.
제니	그래서?
콜리	그냥 너를 지정하는 것에 동의하면 돼. 물론 18개월 동안만.
제니	…?
콜리	그 뒤엔 니가 너 혼자 힘으로 해야 되고. 당장 결정 안 해도 돼.

제니	아니, 지금 할래.
콜리	그래. 그럼 '자기 지정'을 하겠어?
제니	그래. 나는 자기를 지정하겠어.
콜리	좋아. 그럼 몇 가지 동의 절차가 필요해. 눈을 감아주겠어?

제니, 눈을 감는다.

소리.

음악.

분위기가 바뀐다.

8.

학교 벤치. 김과 정. 가을.

김	읽어보셨어요? 방학 때 바쁘셨을 텐데.
정	네.
김	어떻든가요?
정	(미소)
김	좀 막연하죠? 질문이. 그럼 이렇게 얘기할게요. '현재'에 유효하던가요?
정	그건 제가 말할 수 있는 게 아닌 것 같고… 흥미로운 부분이 있었어요.

김   어떤?

정   배우가 사람도 아니고 CG도 아닌 존재랑 연기한다는 거요.

김   그게 젤 중요하죠.

정   배우 입장에서 그런 존재랑 연기할 때 어떻게 감각할 수 있을까, 궁금하게 되드라구요.

김   맞아요. 결국 그런 사람, 그런 배우를 찍고 싶어서요.

정   네.

김   교수님이라면 어떻게 찍으시겠어요?

정   (웃으며) … 잘…. (모르겠네요)

김   그렇죠.

정   ….

정   아, 오늘은 개강주라 안 나왔던데. 제니가 수강신청이 돼 있더라구요.

김   네. 휴학을 안 했어요. 다행이죠.

정   다행이네요. 방학 전에 상담 와서 걱정했는데.

김   교수님이랑 상담하고 마음잡았나 보더라구요. 우리보다 교수님을 더 따르는 애들이 많아요. 좋은 일이죠.

정   저야 뭐. 전임교수님들이 더 고생이시죠.

김   고맙습니다. 교수님 같은 분들이 있어서 저희가 버텨요.

정   (웃는다)

김   이번 작업, 교수님이랑 같이 작업해보면 어떨까 하는 생각을 했어요. 그래서 시나리오도 보여드린 거고. 같이 연출하면서 저도 좀 배우고 싶고 머리로는 알겠는데 이걸

현장에서 바루 연출할 때 어떻게 접근해야 되는지 모르겠더라구요. 그동안 그렇게 안 해서 그런가. 실험해봤는데 영… 안 보이는 '공기'랄까. 교수님 작업엔 있는 거. 그런 것들을 찍어보고 싶거든요.

정   (웃는다)

김   … 어떠세요?

정   죄송합니다. 제가 부족한 게 많아서… 별 도움을 못 드릴 거 같네요… 죄송합니다.

김   … 그냥 하던 대로만 해주심….

정   죄송합니다.

김   ….

김에게 전화가 온다.

김   네. 교수님.

제시카(소리) (급하다) 소식 들으셨어요?

김   무슨?

제시카(소리) 제니가 '자기'를 지정했대요.

김   뭐를요?

제시카(소리) '지정'을 했는데 그게 자기 자신을 대상으로 했다구요.

김   … 그게 가능해요?

제시카(소리) 우리나라에선 안 되는데. 스위스. 제니 다른 국적, 거기선 된대요.

김   ….

제시카(소리) 정신적 자살이라고 말들이 많은데 지금 학교에서 난리에요. 더구나 우리 과라니까. 좌우지간 강사포함 다 모여서 회의하기로 했어요. 지금 어디세요?

9.

제시카, 김, 정, 수연. 회의.

김 그럼 어떻게 되는데요?

제시카 지정된 자기를 긍정화 하는데 온갖 정보들이 모이게 되고 결국은 문제가 안 되는 '자기'로 '자기'를 인식하게 되는 거죠.

수연 본인을요?

제시카 네. 제니 자신을요. 어차피 우리 뇌는 원래 그러니까요.

김 그래도 사람이 '아, 내가 이래? 난 이렇지 않은데?' 하면서 당연히 반발심이 들 텐데.

제시카 근데 그게 그렇지가 않대요. 현재 기술로는 전 세계에 자신과 같은 패턴은 하나도 있을 수가 없대요. 거의 고유한 '자기'라고 부를 수 있대요. 그리고 '지정'이라는 행위 자체에 이미 그것을 거부하지 않겠다는 동의가 포함되어 있고. 또 지정 했다고 해서 본인이 이게 나야? 하는 반응을 느끼기 힘들게 그냥 부드럽게 진행 된대요. 말하자면 자기 자체가 자신도 모르게 바뀌어 있는 거죠.

김 아무리 그래도 그건 일종의 지밴데….

제시카 누가요?

김 AI가요.

제시카 AI닥터가 지정에 사용하는 알고리즘 자체가 내담자랑 만든 거라니까요.

김 그래도 큰 틀은 AI가 잡았을 거 아녜요

제시카 그건 AI가 아니라 그 위 체계죠.

김 그럼 그 위 체계가 지배죠.

제시카 그건 법이죠. 우리 모두가 적용받는. 지정을 하든. 안 하든… 모르겠어요. 섬세하게까지는. 여튼 어떤 사람은 '정신적 자살'이라고도 하고 그런데 이게 뭔가를 그러니까 본인의 신체를 인위적으로 교정하는 것이 아니라 신체에 적용되는 소프트웨어를 컨트롤하는 거니까. 수술에 비교될 순 없을 거 같고. 또 본인이 '지정'을 해제하면 원상태로 돌아올 수도 있다고 하구요. 근데 해제하는 사람은 거의 없다네요. 임상결과도 인간닥터보다 낫고.

김 그렇게 중요한 걸 왜 우리가 여태 몰랐죠?

제시카 자기 지정은 원래 우리나라에선 논의대상이 아니었으니까요. 학교에선 '자기 지정'된 제니의 이력을 문제 삼아선 안 된다, 교수자가 일관된 태도를 취해야 된다. 즉 책잡힐 일 만들면 안 된다 이거죠. 우리만 앞세워 놓고.

제시카, 머리를 감싸쥔다.

제시카   만약 문제가 생기면 우리 과 없애버릴 수도 있죠. 돈도 안 되는데 예술대 너무 사치 아니냐. 한두 해 말 나온 것도 아니고.

수연   제니가 방학 도중에 상담을 하고 싶다고 연락이 왔어요. 방학인데 뭔가 심각한 일인가 보다, 빨리 와봐라 했는데 그 뒤로 연락이 안 왔어요. 나라도 연락해봤어야 됐는데… (사이) 우선 얘기가 감정적으로 흐를 수 있으니까 제니에 대해 얘기하기 전에 '지정'을 가능하게 한 PA시스템에 대해서 교수자 입장부터 정리해보죠.

제시카   맞아요. 교수님 안 계셨으면 어쩔 뻔 했어요. (웃음) 교수님이 먼저 해주시죠… 아무래도 이론전공이시니까.

수연   안티-PA라는 모임이 있어요. 거기선 이 Psychology Advisor 즉 PA프로그램 자체를 거부하고 반대운동도 지속적으로 하고 있어요. PA시스템을 일종의 '자아의 힘, 말살'로 보니까요. 또 안티 PA 내부에는 대안으로 그들만의 조언 시스템이 있는데 그걸 가지고 또 다른 PA시스템이라고 욕하는 사람도 있구요. 하지만 전 안티 PA와 뜻을 같이 하고 있어요.

정   전… PA프로그램 자체를 하지 않고 반대운동 같은 것도 안 하고 있습니다. 언제부턴가 저 같은 사람을 Non-PA라고 부르더군요.

김   전 '자가상담'한 지 좀 됐어요. PA advisor를 자기가 직접 만드는 거라 계속 학습해서 업그레이드 시키느라 시간이 많이 뺏기지만 그래도 그래야 될 거 같아서.

제시카   전 PA 하고 있는데 의존도는 낮아요. 개인적인 문제 생
        길 때 정도라 그냥 수다 떠는 친구 한 명 있다 그런 느낌
        이에요.

수연   안티 PA활동 하면서 느낀 건데 하나의 시스템이 결국 들
        어와서 일반화 되어버리면 막을 순 없는 것 같아요. 대중
        이 원하니까. 시스템 자체에 대한 문제제기보다 그게 본
        질적으로 어떤 문제냐라는 설정이 먼저인 거 같애요. PA
        시스템. '지정'. 거기다 '자기 지정'까지. 하지만 이건 결국
        '상담의존'[10]이 아닐까 생각돼요. 상담 의존증 환자가 많
        아진 것 자체가 문제라는 거지.

제시카   성형처럼요?

수연   적절한 예는 아니지만 그렇게 볼 수도 있겠죠.

제시카   아, 그렇게 얘기하시니까 쉽네요. 그러니까 지정, 아니,
        자기지정으로 보지 말고 상담의존증으로 보자. 그럼 되
        겠다. 그건 오래된 거고 또 그건 어떻게 막을 수가 없는
        거잖아요. 개인 선택이니까.

        일동, 침묵.

수연   노력은 해야죠. 교수자니까. 근데 제니를 만나면 제 생각
        은 말해보겠지만 부정적으로 확실하게 말하진 못할 거
        같네요.

제시카   제 AI닥터도 그러더라구요.

---

10) 앞의 워크숍. '지정'의 안 좋은 점으로 '상담 의존'의 일례 반영.

김	벌써 물어봤어요?
제시카	그럼요. 심각한 일인데.
김	학교 일은 안 한다고 했잖아요.
제시카	지정을 안 하다고 했죠. 상담은 하죠. 왜 그러세요. 진짜.
김	….
정	전 우선 만나봐야 할 거 같습니다.
김	저도 만나봐야 알겠지만… 솔직히 어떻게 해야 할지 모르겠네요… 왜 이런 일이 생기는지… 진짜 지옥 같네요….
제시카	이럴 땐 오히려 강사선생님들이 부럽네요.
김	죄송합니다. 수연 교수님. 저희가 목구멍이 포도청이라 좀 기대게 되네요. 한 가지 더 여쭐게요. 아까 말씀 하셨듯이 안티 PA의 내부 조언들에 대한 논란도 있고 또 나아가서는 안티 PA하는 사람 중에는 비밀리에 PA를 하는 사람도 있다고
제시카	어머, 교수님.

제시카, 김의 말을 막는다.

수연	… 무슨 말씀이세요?
제시카	아니요. 교수님. 좀 김 교수님이 요새 좀 그래서 그래요.
김	….
제시카	그리고 우리끼리니까 PA하고 있는지 어떤지 말하지만 그거 묻는 거 자체가 실례 아녜요?

김	어쩌면 이런 얘기는 Non-PA하는 사람만이 논할 자격이 있는지도 모르죠. 별 볼 일 없는 거라도 어디 기대는 건 아니니까….
제시카	자꾸 왜 그러세요? 아파서 상담 받는 게 나빠요? 상담의 존중이라잖아요.
김	힘들어서요.
정	먼저 제니와 열어놓고 만나 보는 일이 우선일 거 같습니다.
수연	네. 전임이고 강사고를 떠나 애들부터 생각하는 게 맞죠.
제시카	네. 감사해요.
김	….
정	(김에게) …교수님?
김	네… 죄송해요. 테이블에 물건들이 너무 많이 흐트러져 있어서 집중이 안 되네요. 이거 좀 치우고 하면 안 될까요.

다들 침묵.

김, 테이블을 정리한다. 나머지 사람들, 일어선다.

10.

동, 제시카와 통화중.

동	예. 3일 됐어요. 오늘 온다는데 자신이 없네요. 다른 데는 갈 데 없어요. 한국집은 여기뿐이고. 부모님은 취리히에 있고.
제시카	안 돌아오신대요? 딸 아픈데?
동	그냥 그쪽으로 오라고만 하시네요. 한국에서 아픈 건 당연하다 그러고.
제시카	오빠하고 사이는 어땠어요? 제니.

동, 생각한다.

동	좀 심했죠.
제시카	누가요?
동	좀 쎘어요. 제니가.
제시카	세상에. 학교에선 전혀 그렇게 안 봤는데.
동	자신 없네요. 왔는데 힘들면 저도 지정해야 될지 모르겠네요. 제니.
제시카	네. 여튼 돌아와서 문제 있으면 바로 연락 주세요.
동	네. 근데 꼭 고등학교 같네요. 요새 대학교. 집에다 일일이 전화도 다 주시고.
제시카	오래 됐죠. 또 통화하죠.

전화, 끊긴다.
동, 서성인다.

제니가 온다.

어색함.

제니   오빠.

동   어.

제니   당황스럽지. 이해해.

동   미리 얘기하는데 내가 적응 못하면 나도 너 지정, 괜찮지?

제니   (웃으며) 당연하지.

동   … 기억은 그대로야?

제니   응. 그 뒤로 내가 지정 했구나 생각하니까 편하기도 하고 기분이 좀 한결 나아졌달까.

동   어때? 구체적으로 어떻게 작동하는 거야? 거부감은 없어?

제니   조정하려고 입원했을 때 좀 있었는데 괜찮았어.

동   입원했었어? 어디 잠깐 간다 그랬잖아.

제니   … 응. (웃으며)

동   조정?

제니   그게… 일테면… 오빠, 현기증 봤지? 히치콕.

동   응.

제니   맨 처음 오프닝 때 소용돌이무늬 계속 나오지, 기억나?

동   응… 아. 나오지.

제니   근데 나중에 여주인공 헤어스타일 머리 만 게 소용돌이 무늬였던 거 기억나?

동   ….

제니   그리고 그 여자가 갤러리 가서 늘상 보는 그림 속 헤어스타일도 그렇고.

동 맞어.

제니 '초기 효과'라고도 부르는 건데 비슷해. 내가 의식하기 전에 어떤 이미지를 미리 보아서 그걸 편안하게 받아들이는 거지.

동 어떻게?

제니 나 같은 경우에는 지정 하고 나서 조정할 때 이렇게 망막에 간장 종지 같은 게 나왔어. 거기서 작은 불꽃이 예쁘게 나오는… 내가 어렸을 때 무섭고 힘든 꿈을 꿀 때마다 그 이미지가 계속 나왔었거든.

동 그래서?

제니 그걸 내 소프트웨어들이 알아차리고 그런 이미지들이 나오면 내가 반전될 수 있는 환경을 만들어줘. 예쁜 이미지로. 예를 들면 일본식 도자기 종지가 나온다던가. 그 위에 꽃잎이 떨어진다던가.

동 그러면?

제니 나도 모르게 내가 무서운 꿈을 꿨을 때 느꼈던 공포가 사라지고 친근하게 느껴지지. 그런 식으로 무의식 안에 있는 공포감을 조금씩 없애는 거 같애. 나도 모르게. 이삼 일 지나니까 이제 아예 그런 이미지들은 안 나오고.

동 왜?

제니 조정했으니까.

동 ….

제니 그러니까 나한테 뭔가를 가르쳐준다기보다 나를 잘 읽어

주는 거 같아. 나도 몰랐던 나 자신, 부모도 알지 못했던 나. 그것에 대해서 가장 많이 생각한 이.

동   도움이 돼?

제니   (웃으며) 오빠도 해봐. 어쩌면 되게 간단한 심리치료 같은 거야. 있는 나를 그대로 보게 하는 거. 나머진 다 그냥 내가 하는 거고. 그걸 한 이후로 두려움, 불안감 같은 건 많이 없어졌어. 특히 젤 좋았던 건 내가 나를 인정했다는 거야. 나는 문제 있다는 걸.

어리둥절한 동.

동   하기야 우리가 젤 불안정하니까. 여튼 그럼 이제 어떡할 건데?

제니   학교 다시 잘 다니고 졸업해야지. 그리고 이 밸런스 잘 유지하고 싶고 뭐 큰 계획을 세우진 않겠지만 다시 작업이 하고 싶어졌어. 뭐랄까 사람들한테 그냥 작지만 도움되는 사람이 되고 싶다는 생각이 들어. 그게 지금 내가 공부하고 있는 것하고 맞아 떨어진다는 생각을 하니까 행운이라는 생각도 들고. 아, 그리고 다음 작품이 생각이 났어.

동   … 너 유명해지고 싶어했잖아?

제니   그게 참 웃긴데 그 생각 자체가 바뀌진 않은 거 같은데 목적이 달라졌달까. 나를 위한 게 아니라 다른 걸로?

동   다른 거 뭐?

제니 　그냥 살아있는 거 모든 거.

동은 생각보다 제니의 상태가 나쁘지 않아 조금씩 경계를 푼다.

11.

영상이 나온다.
영상 - 한 여성이 걷고 있다. 뒷모습으로. 그녀의 얼굴은 보이지
않는다.
'박씨전'이다.

촬영 현장.

제니(소리) 　컷.

제니, 나온다. 모두들 제니를 본다.

제니 　(모두에게 웃으며) 오케이.

다들 놀란다. 의외다.

12.

수연과 제니.

수연　다른 사람?

제니　할 수 있을 수 없음, 에로스. 그건 내 마음대로 할 수 없는 타자를 받아들일 때만이 가능하다. 쌤이 가르쳐 주셨죠.

수연　테스트하는 거 같아서 미안하긴 한데….

제니　괜찮아요.

수연　이 영구적 불평등에 대해선 어떻게 생각해? 기본소득으로도 따라잡히지 않는.

제니　깊게 공부를 해보진 않아서 모르겠지만 시대가 멈추면 예술이 움직여야 된다고 생각해요. 중요한 것은 지치지 않는 거겠죠.

수연　어떻게 그게 가능하지? 원하는 결과가 안 나오면 실망할 텐데.

제니　그래도 싸울 건 싸워야죠. 누군가는 영향 받을 테니까. 그게 내가 할 수 있는 일이니까. 전 그걸 믿어요.

수연　말은 좋은데… 너한테 예술가 특유의 삐딱함이랄까 그런 게 약해진 거 같은데?

제니　그러게요. 그런 예술가가 되고 싶어서 발버둥쳤는데 사람들이 너무 싫어해서 바꿨어요. (웃는다)

수연   내가 이렇게 물어보는데 안 싫어?

제니   네. 교수님을 이제야 알 거 같아서요.

수연   날?

제니   교수님이 그렇게 하시는 게 다 애정이라는 걸요.

수연   그걸 어떻게 알지?

제니   뵌 지 오래됐잖아요.

수연   … 뭐 고민해? 요새.

제니   (생기가 돌며) 박씨전이라고 장편인데 찍고 있어요. 잘 해
봐야죠.

수연   어떤 건데?

제니   박씨전, 그 박 씨가 원래는 신선의 딸이었는데 못 생겨보
였다가 아버지를 만난 후 미모가 드러나고 사람들이 알
아보고.

수연   근데?

제니   근데 그걸 영화적으로 박씨는 안 바뀌고 그대론데 사람
들이 눈이 바뀌는 걸로요.

수연   …. (제니에게서 눈을 떼지 못한다)

13.

촬영 현장.

박씨전, 다시 나온다.

영상 – 한 여자가 걷고 있다. 뒷모습. 계속. 돌아보는데 얼굴이 보일라치면 반복된다.

제니(소리)　컷.

다은(피디), 촬영(선호), 예빈(분장). 서연(조연출). 배우는 보이지 않는다.

예빈　세상에. 저게 연기야? 왜 저렇게 어린애를 캐스팅 했어?

서연　어차피 얼굴 안 나오잖아. 말 잘 듣는 애 캐스팅 했겠지. 배우들이 이런 걸 할라고 그러겠어?

예빈　그래도 너무 이상하잖아요. 저렇게 어린 애가 시집을 가? 원시 시대도 아니고?

서연　이상하잖아. 원래 쟤가. (제니.)

다은　제발.

제니, 온다.
모두들 본다.

제니　오케이.

다은　진짜?

제니　응. 좋아.

서연　난 모르겠다.

제니 　서연아. 이제 몇 개 남았지?

서연 　1개.

제니 　무리는 없지?

서연 　응.

다은 　응. 괜찮아. 충분해.

예빈 　근데 선배님. 연기가 진짜 저대로 가도 돼요?

제니 　괜찮아. 정말. 지금 생각대로 가고 있어. 근데… 다들 부
　　　탁이 하나 있어.

　　　모두들 본다.

제니 　당황스러울 수도 있겠지만 좀 들어줘. 계속 생각만 했던
　　　건데 아까 샷에서 확신이 들어서… 내일 촬영 있잖아….

다은 　응. 37씬. 29씬.

제니 　응. 내일 그 씬 찍을 때 배우 얼굴을 살짝 드러냈으면 해.

예빈 　그럼 그렇지. 아. 근데 연기가.

제니 　연기는 문제없고 근데 저 배우 얼굴을 다 초록으로 발랐
　　　으면 좋겠어.

서연 　뭐?

예빈 　에?

제니 　초록 천으루 가려도 되고 배우가 숨 쉴 수 있게 앞만 좀
　　　볼 수 있으면. 배우랑은 얘기 다 했어.

　　　다들 어리둥절.

예빈 왜요?

제니 저 여자, 박씨, 얼굴이 보일 때, 그때 얼굴이 뚫려서 그냥 뒤가 다 보였으면 좋겠어.

서연 CG?

제니 크로마키.

서연 아니 언제적 크로마키?

제니 응 언제적 크로마키. 그러니까 괴기스러운 게 아니고 그냥 속이 비친달까 빛이 그냥 통과 돼서 속까지 다 보이는.

다은 왜… 그렇게… 아니… 어떻게 그렇게… 그러니까 설정이… 어떻게 되….

예빈 투명인간?

제니 (웃으며) 아니 그건 아니고 앞 씬들 찍을 때 계속 얼굴 안 나왔잖아?

예빈 그랬죠.

제니 근데 한번은 왜 그 얼굴이 안 나왔는지를 설명해줘야 할 거 같애.

서연 그렇게 찍는다고 그렇게 보일까? 속이 투명한 사람.

제니 그래서 사실 그거 생각하면서 앞 씬 만들어가고 있었는데… 될 거 같애. 박씨가 원래는 신선의 딸이었다. 그런 거잖아. 원작이. 그런데 나중에 미모였다고 밝혀지고.

예빈 그렇죠. 근데 그 여자 얼굴은 그대론데 사람들만 바뀌어서 본다, 그게 우리 컨셉이잖아요.

제니 응. 근데 그런 현상이 왜 일어났나 영화적으로 한번은 보여쳐야 될 거 같애.

다은 나만 몰랐네. 아니 우리만.

서연 근데 그거하고 투명한 존재하고 뭔 상관이야?

제니 투명해져야 뭔가를 넣을 수 있을 거 같아서.

서연 그 뭔가가 뭔데?

제니 … 글쎄… 괄호 같은 거?

다은 괄호?

제니 저 여자의 얼굴이 괄호가 되었으면 좋겠어.

서연 왜?

제니 인간의 얼굴엔 속임수가 많으니까.

예빈 근데 왜 초록이에요?

다은 크로마키라잖아.

제니 더 생각해보니까, 초록이 인간한테 젤 없는 색이란 생각
까지 들어서.

모두들 어리둥절.

14.

제시카에게 전화가 온다.

제시카 네.

동	저 제니 오빤데요.
제시카	네. 무슨 일 있어요?
동	아뇨. 전혀 문제없어요.
제시카	깜짝이야. 근데요?
동	근데… 제가 문제예요.
제시카	왜요?
동	제니가 엊그제는 오빠, 걱정하지 마. 내가 오빠 정도는 돈 못 벌어도 끝까지 도와줄 수 있어, 그러더라구요.
제시카	… 그래서요?
동	뭐… 괜히 위축되는 거 같기도 하고. 저도 자기 지정해볼까 고민 되드라구요.
제시카	오빠도 스위스 국적 있나요?
동	네.
제시카	….
동	근데요. 제니가요. 좀 달라졌어요. 좀… 멋있어졌어요.

15.

촬영장.

제니(소리)	컷.

'박씨전' 촬영팀이 촬영을 멈춘다.
다은(피디), 촬영(선호), 예빈(분장). 서연(조연출). 배우는 보이지
않는다.
제니가 온다.

모두들 제니를 본다.

제니   오케이
다은   오케이. 다음 씬, 준비입니다.

촬영, 제니 다음 컷 준비한다.

예은   감동이다.
다은   뭐가?
예은   제니선배요. 몇 개월 만에 어떻게 저렇게 달라지나?
다은   내가 피디해서 그런 거.

예은, 조연출을 하고 있는 서연을 눈으로 가리킨다.

다은   미안.
서연   뭐 빨리 진행되고 좋네.
다은   응.
예빈   근데 저 배우 저 얼굴 저 '초록' 진짜 문제없을까요?
다은   테스트 했잖아.

예빈	저 얼굴이 뚫려서 그냥 뒤가 보인다고… 아무리 그래도 나 분장으로는 처음인데. 아 걱정 돼.
서연	니가 왜 걱정해. 연출이 한 건데.
예빈	얼굴뿐이 아니라 손발 다 그래요.
서연	생각나네. 몇 달 전만해도 진짜가 어떻고, 연결이 어떻고 그랬는데. 지금은 그냥 다 오케이.
다은	야 배우가 고생이지.
서연	뭐가 고생이야. 칸에 출품한다는데, 제시카 교수님이 팍 팍 밀어주잖아.
예빈	이번엔 제시카 교수님하고 좀 그래요? 선배님.
서연	(예빈을 야린다)
다은	(예빈에게) 야!

제니 온다.

제니	다들 의견 없어?
다은	없어 좋아
제니	아무 거라도 괜찮아. 말해줘.

사이. 진짜 없다.

제니	서연아 의견 뭐 없어?
서연	… 완벽해. 피디 필요 없을 거 같애.
다은	무슨 소리.

제니	아냐. 필요 없는 건 없어.
제니	그럼, 다음 컷 준비할게.
예빈	선배님, 이따 끝나고 좀 더 얘기해주심 안 돼요? 괄호 같은 여자… 맥주 마시면서.
제니	좋아. 내가 살게. 모두 같이 가자.

모두 콜한다. 서연이 의사 표시를 안 한다.

다은	왜. 이제 좀 풀어. 경험 쌓고 좋지 뭐. 피디도 해보고 조연출도 해보고 분장도 해보고.
서연	나 어젯밤에 끝나고 집에 가서 샤워하고 책 좀 읽다가 잠자리에 들었는데 잠이 안 와. 당연하지. 몇 달 전만 해도 그 시간이면 시간 오버한 거 메꾸려고 피 말렸을 텐데.
다은	좋은 거 아냐?
서연	근데 제니 너가 너무 잘하니까. 나도 그래야 될 거 같애. 근데 더는 못하겠어. 뭔가가 나를 앞서간 느낌이야. (사이) 나 졸업하면 그냥 시골로 갈 거야. 맞아. 이건 원래 타고난 애들이나 하거나 아님 자기 지정을 할 만큼 대단한 애들이나 하는 거거나.
다은	서연.
제니	미안해. 근데 나는 니가 나 때문에 그런 거면 안 그랬으면 좋겠어. 우린 실제로 타인의 영향을 많이 받는 거 같지만 실은 자기 영향을 제일 많이 받아. 난 그걸 알아.
서연	그걸 정말 니가 아는 거야? 누가 알려준 건 아니고?

제니	누가?
서연	예를 들면 AI가.
제니	왜?
서연	세상에 예술가가 너무 많잖아.

16.

박씨전 영상 다시 나온다.

영상 – 한 여자가 걷고 있다. 돌아보면 얼굴이 뚫려 있다.

제시카의 연구실.
제시카가 박씨전을 보고 있다.

소리	(보이스 오버)
	살고 싶으면 달리세요. 그것뿐이에요.
	앞의 풍경이 날 지나가죠.
	그게 이 들판이에요.
	할 수만 있으면 최선을 다해서 그 들판을 달리세요. 그리고 살아남으세요. (엔딩 음악)

제니가 옆에 있다. 제시카, 박수친다.

제시카   뭐라고 그래야 되지? 이거. '단단한 결말'이랄까, 그러니
         까 더 열린 느낌이야. 제니야, 돌아왔구나. 니가.

         제시카, 제니를 포옹한다.

제시카   이거 칸에서 내가 할 수 있는 만큼 해볼게. 배급도 잘 될
         거 같은데. 해외 프로모션하고 내가 다 알아볼게. 와. 진
         짜 신선해.
제니   교수님 덕분이에요.
제시카   사회성도 늘고.
제니   (웃는다)
제시카   근데… 자기 지정한 거 그건 안 밝히는 게 어떨까.
제니   일부러는 아니겠지만 자연스럽게 밝히는 게 좋지 않을까
         요. 사실이니까요.
제시카   제니야.
제니   늦었지만 정말 고맙습니다.

         제니, 고개 숙여 인사.

제시카   야 왜 그래. 갑자기.
제니   아녜요. 솔직히 전에는 교수님 대하기 힘들었거든요. 맨
         날 결과로만 말씀 하시니까. 근데 나만 힘들었을까 교수
         님도 그랬겠지… 그런 생각이 드니까 너무 고맙고 죄송
         하더라구요. 교수님이 없었으면 그런 생각 자체를 아예

못했을 거니까. 꼭 선물 같애요. 교수님이.

제시카   뭘 또.

제니   진짜 고맙습니다.

제시카   (이상한 기분을 느끼며) 기분은 어때? 컨디션? 뭐 자기 지정한 다음 지켜야 될 건 없고?

제니   그런 건 없구요. 치료 종료하는 날이 남았는데 칸 갔다 온 다음이에요.

제시카   그래. 그럼 더 좋지.

제니   그리고 현재 기분은 뭐랄까… 어렸을 때 낮잠 자다 일어났을 때 집에 아무도 없어서 한참을 운 적이 있는데 그게 날 작업하게 했구나 그런 생각이 들어요. 그걸 알아차리게 된 거 같아서 기뻐요.

제시카   (손을 잡으며) 나는 다른 사람들이 걱정할 때 하나도 안 했어. 넌 이겨낼 줄 알았어.

제니   고마워요. 교수님.

다시 제시카, 제니를 안는다.

17.

제니와 김.

김	좋더라. 칸, 뉴욕 그리고 몇 군데 더 간다면서?
제니	네.
김	축하해.
제니	감사합니다.
김	아무리 고전에서 왔더래도 니 얘기 좀 나오는 거 같던데 힘들진 않아?
제니	초반에는 나를 아는 사람들이 보면 쟤 얘기구나 할 거 같아서 걱정됐어요. 근데 결국 내가 하는 이야기는 모두 다 나일 수밖에 없지 않나… 진짜 내가 하고 싶은 이야기는 뭘까… 내가 겪고 있지만 우리 모두 겪고 있는 거 아닐까… 그래서 애들한테 모니터링하면서 그런 거에 더 주목했어요. 그러다 보니 이제 보통사람 얘기가 된 거 같더라구요.
김	이제 감독 같다. 아니, 이미 감독이지만.
제니	고맙습니다.
김	제니아. 넌 진짜 널 버린 거 같다.
제니	사람들이 싫어했고 저도 그랬으니까요. 예전에 나. 그때 난 사람들에게 동정의 대상이거나 적어도 쟤보다는 내가 낫다, 그런 대상이었던 거 같아요. 근데 지금은 다 인정해요. 쌤이 알려주셨죠. 고맙습니다.

제니, 고개를 깊이 숙인다. 김, 제니에게서 눈을 떼지 못한다.

18.

제니가 정 앞에 있다.

정   멋있었다. 축하한다.

제니   고맙습니다.

정   그런 작품 처음이다. 뭐랄까 호크니, A Bigger Splash
        같기도 하고

제니   감사합니다.

정   감탄했다.

정   언제 나가니? 칸.

제니   17일이요.

정   간 김에 바닷가도 좀 갔다오고.

제니   네.

정   졸업 후 계획은?

제니   몇 군데 제안이 있었는데 넷플릭스로 결정했어요. 졸업
        하고 바로 시작해야 될 거 같애요.

정   잘 됐네.

제니   감독님은 다음 작업 어떠세요?

정   아직 정해진 건 없는데….

제니   감독님이 저한테 제일 중요한 감독님이세요. 정아솔 감
        독님. 칸 가면 그 얘기 해도 되죠? 인터뷰 때.

정   하하하.

제니   하하하. 할 수만 있다면 계속 감독님한테 배우고 싶어요.

졸업해서도. 그리고 기회가 되면 언제든지 돕고 싶어요. 감독님. 전에 제가 했던 말, 결국 혼자될 거라는 말, 사과 드리고 싶어요.

정   아냐, 내가 상처 받지 않았으니까.

제니   용서해주세요.

제니, 무릎을 꿇는다.

정   왜, 또.

정, 말린다. 제니, 일어난다.

19.

김과 정.

김   제니가 정말 좋아진 거 같아요.

정   그런 거 같대요.

김   어쩌면 지정이란 게 꼭 나쁜 것만은 아니라는 생각이 들어요.

정   (웃는다)

김   저도 PA 시작했고 나쁘지 않더라구요. 그럭저럭 적응 중이에요.

정　　　….

김　　　오늘 드리고 싶은 말씀은 저도 얼마 안 가 정 감독님을 '지정'할지도 모르겠다는 말씀… 드리고 싶어서요.

정　　　….

김　　　힘들었거든요. 계속 작업 청하는 것도 지치고. 자존심도 많이 상하고. 그게 감독님 탓도 아닌데. 제가 그런 건데.

정　　　….

김　　　이해해주시겠습니까?

정　　　그건 제가 판단할 문제가 아닌데요. 괜찮습니다.

김　　　감사합니다.

20.

수연이 김을 찾아온다.

수연　　김 교수님.

김　　　아, 네. 어쩐 일이세요?

수연　　이제 예술가로 삶은 끝내신 거예요? 정 교수님 지정하셨다면서요.

김　　　아… 네. 미리 말씀 드렸습니다.

수연　　그게 말이 된다고 생각하세요?

김   저는 다시 시작하는 겁니다.

수연   왜 사람이 변해요? 교수님 훌륭했고 작업 없어도 자기 몫
        의 예술을 충분히 해낸 건데. 애 따라 하는 거 챙피하지
        않으세요?

김   그렇게 말씀 하시는 거 좀 무례한 거 같습니다.

수연   ….

김   변하고 싶었고, 영향력 있고 싶었던 게 어렸을 때부터 제
        꿈이었습니다. 그걸 부정하고 있었다는 걸 얼마 전 알게
        됐습니다. 지정이 늘어갈수록 고민은 줄었고 작업하는
        시간은 늘었고 곧 시나리오 나오고 가슴이 뜁니다. 그게
        잘못된 건 아니죠.

수연   정 교수님, 다음 학기부터 안 나온다는 건 알고 계세요?

김   네.

수연   … 테이블이 많이 흐트러져 있네요.

김   네. 괜찮습니다.

수연이 김에게서 눈을 떼지 못한다.

21.

칸. 시상식.

브누아   올해의 작품을 발표하기 전 심사위원들이 나눈 얘기를 전하고 싶습니다. 한동안 우리 모두 세계에서 일어나는 변화들에 대해 소리 내어 말했습니다. 하지만 그러면서도 우리는 오직 영화로만 가능한 답을 기다렸습니다. 그 답 중에 하나가 올해 도착했습니다. 만장일치로 결정된 올해의 감독상은 〈박씨전〉, 이제니입니다.

박씨전의 영상, 일부가 나온다.
영상 – 한 여자가 걷고 있다. 돌아보면 얼굴이 뚫려있다.

시상재(소리)   〈박씨전〉. 한국의 고전 설화로 얼굴이 못 생겼던 한 여인이 실은 신의 주술에 따라 그렇게 된 것이며 그 주술이 풀린 뒤로 미를 회복했다는 이야기에 실제 그녀의 외모는 변한 것이 없는데 다른 사람들이 그녀를 그렇게 바라보았으며 주술은 그녀에게 행해진 것이 아니라 다른 모든 사람들에게 행해진 것이라는 메시지를 담았습니다. 무엇보다 놀라운 점은 그녀의 얼굴이 실질적으로 보이지 않음으로 해서 다시 한 번 영화의 힘을 입증했다는 것입니다.

제니가 격식을 갖춘 옷을 입고 나타나 트로피를 받는다.

제니   감사합니다. 정말 이건 혹시 실수 아닌가 싶을 정도입니다. 감사합니다. 이 영화를 함께 만든 분들의 이름을 호명하는 것은 예의를 뛰어 넘은, 또 하나의 영화적 순간이라는 걸 잘 알고 있습니다. 하지만 오늘만큼은 잠시 그 위대한 순간을 내려놓고 싶습니다. 이 한 분의 이름을 호명하기 위해서입니다. 한국의, 정아솔 감독님. 저는 그분을 통해서 세상을 보았고 그분을 통해서 세상과 영화가 어떻게 연결되어 있는지 보았습니다. 그리고 우주를 보았습니다. 한 사람과 우주, 그 불균형을 통과하기 위해 수많은 날들을 보냈습니다. 그리고 아무 것도 필요 없는 시간이 다가왔습니다. 이 순간 나는 없다. 실제는 없다. 박씨처럼. 그럼 지금 여기 있는 것은 누구일까요? (카메라를 직접 보고) 소중한 질문을 갖게 해주신 정아솔 감독께 이 상을 바치고 싶습니다. 그리고 그분께 이 말씀 꼭 전하고 싶습니다. "존경합니다. 당신을. 그리고 저도 당신처럼 영원히 사라지겠습니다."

조용히 그러다 뜨겁게 박수가 이어진다.

22.

수연의 마지막 수업.

수연   학생여러분. 오늘이 제 마지막 수업입니다. 그동안 즐거

웠습니다. 끝으로 한마디만 하고 싶네요. 여러분은 예술가입니다. 예술가란 일반인들은 보지 못한 걸 보는 사람입니다. 절대 AI가 보지 못할 걸 보는 사람입니다. 그래야 합니다. 그리고 전 제가 본 만큼 여러분들을 가르치려고 노력합니다, 했습니다. 하지만 이제 제 눈은 다한 거 같네요. 부디 여러분 제가 보지 못한 걸 봐주세요. 고마웠습니다.

수연, 학생들에게 고개 숙인다.
적정한 박수 소리.

23.

칸영화제 Press Conference와 과거 정 감독의 촬영현장이 함께 보여진다.

브누아 잠시 후 〈박씨전〉으로 이번 87회 칸 영화제에서 감독상을 수상한 이제니 감독의 Press Conference가 있겠습니다. 곧 이제니 감독이 들어오겠습니다.

제니, 들어온다. 포즈를 잡는다. 플래시가 터진다.

브누아 시작하겠습니다. 착석해 주시면 고맙겠습니다. 감사합니다.

제니, 앉는다.

브누아 브누아입니다. 반갑습니다. 네. 좀 앉아주시구요. 네. 감사합니다. 열기가 뜨겁네요. 감독님은 4년 전에도 칸에 단편으로 오신 적 있죠?

제니 네. 맞습니다.

브누아 반갑습니다. 4년 만이네요.

제니 감사합니다.

브누아 첫 질문은 오늘 오신 모든 분들이 궁금해 할 이 질문으로부터 시작해야겠네요.

제니 네.

브누아 왜 '지정'을 하셨습니까?

제니 ·· 희망이 필요했습니다.

브누아 그리구요?

제니 그리고….

브누아 수상소감에서 80회 칸에서 작품상을 수상한 정아솔 감독을 언급하면서 나도 당신처럼 사라지고 싶다는 말로 정아솔 감독에 대한 궁금증을 증폭시켰는데요. 실제로는 아직 활동 중이잖아요? 그렇죠?

제니 네, 여기 오기 전에도 잠시 뵀습니다.

브누아 그런데 사라졌다는 말을 하셨는데요. 어떤 의미였습니까.

제니	그러니까 정아솔 감독님은 제게 중요한 감독님 중에 한 분이신데, 제가 영향을 많이 받았어요.
브누아	그래서요?
제니	기억나는 순간이 있었는데 감독님 영화에 참여했을 때였어요
브누아	어떤 영화였죠?
제니	〈더 퓨어한 말로(末路)〉.
브누아	아. 85회 때도 칸에 초청됐었죠?
제니	네. 그때 제가 감독님 스크립터를 할 때였어요.
정(소리)	컷.

정, 촬영감독이 나온다. 배우는 보이지 않는다.

제니는 앉은 자리에서 과거 그들과 대화한다.

정	(모니터를 보며 촬영에게) 여기는 이렇게 잘라낼게요.

촬영, 고개를 끄떡인다.

제니	근데 교수님, 아니 감독님.
정	응.
제니	다른 감독님들 다 쓰시는 CG 안 쓰시는 것까지는 알겠는데 왜 실제 있는 초록도 다 걷어내요?
정	그것까지 나오면 사람들이 이걸 진짜 세계라고 느낄까봐.
제니	네?

정   저기 찍힌 풀들, 나무들, 초록들… 영화에서 나오면 사람
     들이 뭐랄까 아직도 세상은 안전하다 할까봐.
제니 ….

     정, 촬영과 잠깐 얘기한다.

제니 근데요. 감독님… 그거하고 이 작품하고 무슨 상관이에요?
정   상관은 없는데 그냥 내 신념 같은 거야. 남들한테는 의미
     없어도. 그게 영화에서 공기 같은 거랄까. 그런 걸 만드는
     거 같애. 찍을 순 없지만 실제로는 있는 거.
제니 ….
브누아 네. 근데 제니 감독님은 얼굴을 안 찍으셨잖아요? 그것과
     정 감독님에게 영향 받은 거하고는 어떻게 관련이 있죠?
제니 일단 그때 많이 놀랐고 더 존경하게 됐어요. 그리고 그
     가르침을 저도 따르려고 했지만 안됐고 절망했고 시간이
     지나갔어요.
브누아 그래서요?
제니 그러다가 자기 지정을 했고 나중에 아직 못 물어봤지만
     이런 질문을 할 수 있겠다 생각했어요.
브누아 어떤 질문이죠?
제니 감독님 영화에는 초록이 없지만, 그것 자체로 순결하지
     만, 그것 자체론 부족하다고 생각했어요. 전 우리 안에,
     인간 안에 있는 초록도 없애야 한다 그런 생각을 했어요.
브누아 좀 더 자세히 말씀해 주실 수 있을까요?

제니	우리 안에도 초록처럼 찍고 나면 그리고 관객에게 보여지면 안심이 되는 어떤 게 있다고 생각했어요. 그것도 걸어내야 한다고 생각했어요.
브누아	그래서 얼굴을 안 찍었다….
제니	네.
브누아	누구나 할 수 있는 생각이고… 실제 실행하기도 하는 것이긴 하지만 제니 감독님 작품에선 좀 더 독특하게 드러나기도 하죠… 그것은 결국 박씨, 그녀의 얼굴이 드러나는 장면이 있기 때문일 텐데요… 뭐랄까 저는 그 장면을 보면서 저건 마치 괄호 같다는 생각이 들었어요.
제니	저희도 그런 얘기를 나누긴 했어요.
브누아	촬영 때?
제니	네.
브누아	놀랍군요.
제니	감사합니다. 하지만 전 칸이 저를 호명할 때 아마도 제가 '자기 지정'을 한 감독이란 걸 알고 있어 그런 거 아닌가 하는 생각이 들었어요.
브누아	칸이 작품 자체 때문이 아니라 감독 때문에 그랬다?
제니	제 생각이에요.
브누아	음….
제니	그게 영화산업이니까.
브누아	부인하기 힘들군요.
제니	전 우리 모두 괄호를 만들어낸 거 같아요.
브누아	네. 그 말씀엔 동의합니다. 덕분에 자기 지정에 대한 논의

가 활발해졌잖아요? 전 세계적으로.

제니 　네.

브누아 　영화는 하나의 무브먼트이기도 하니까. 맞습니다. 정확하네요. 또 감독님이 말씀하신 그 괄호라는 게 고대 그리스 회의론자들이 말한 에포케(epoche)[11] 같기도 하고 그게 이번 칸이 감독님을 호명한 이유 같기도 하구요. 사람들에게 이미 제니감독은 에포케 같은 존재였다.

제니 　인정합니다. 정 감독님을 생각할 때면 오래 전 영화지만 로메르의 〈녹색 광선〉이 생각나요. 같이 그 얘길 많이 했었거든요. 특히 마지막 일몰 때 〈녹색광선〉에 대해선 많이 얘기했어요. 그러다가 그게 언제부턴가 우리끼리는 초록으로 바뀌었어요. 왜 그랬는지 잘 기억은 안 나는데 우린 초록에 집착했어요. 그게 저한테는 사람을 뚫고 들어온 빛이었다는 느낌이었구요.

브누아 　빛은 빛인데 사람을 뚫고 온 빛.

제니 　네. 그만큼 빛은 강력하죠.

브누아 　왜죠?

제니 　빛은 우리의 시작이자 끝이니까.

---

11) 에포케 [epoche]. '판단 중지'.
　　고대 그리스의 회의론자(懷疑論者)들이 쓰던 용어. 원래는 '멈춤' 또는 '무엇인가를 하지 않고 그대로 둠'을 의미하는 말이었으나, 피론을 중심으로 한 고대 회의론자들이 '판단 중지'라는 뜻으로 쓰게 되었다. 그들의 주장에 의하면 판단하는 사람이나 그 대상의 입장과 상태·조건 등이 다양하기 때문에 무엇이든 일률적으로 좋다, 나쁘다, 또는 있다, 없다고 판단할 수 없다. 그러므로 매사에 대해서 '판단을 보류하는(에포케를 하는)' 수밖에 없고, 또한 '마땅히 그래야 한다'고 한다. [네이버 지식백과] 에포케 [epoche] (두산백과)

브누아   그렇게 말씀하시니까 박씨의 얼굴이 드러날 때 그 군데 군데 뚫렸던 그 무엇이 빛이었다는 생각도 드네요. 또 그 러고 그 빛이 그녀의 얼굴을 통과하고 있다는 사실도 우 리에게 어떤 정서를 불러일으켰던 것 같구요.

제니   네… 감사합니다….

브누아   이상으로 마치겠습니다. 올해 감독상, 현재 문제가 되고 있는 지정, 그것도 자기 지정을 한 감독의 작품을 칸이 인정하는 것으로 논란은 촉발되었습니다. 그리고 여전히 그 논란은 진행 중이지만 전 이 논란 자체가 이미 영화사 적인 것이라고 생각하고 있습니다. 또 그것이 칸다운 선 택이었다는 생각은 변함이 없습니다. 또 기꺼이 그 대상, 즉 괄호가 되어준 이제니 감독에게도 찬사를 보냅니다. 감사합니다.

제니   감사합니다.

박수소리.

24.

칸의 컨퍼런스를 김과 제시카가 보고 있다.

제시카   브누아 저 사람. 아직도 칸에 있네.

김	막강하니까요. 파워가.
제시카	근데 너무 뻔하지 않아요? 이번 칸, 제니를 주인공으로 세웠지만 사실은 칸이 실속은 다 챙긴 거잖아요. 몇 년 내 죽만 쓰다가 한방에 살아났잖아.
김	영리한 거죠.
제시카	하긴 그게 이 바닥이니까. 근데 좀 얄미워.
김	저희 전공 지표도 많이 올라갔어요. 학교에서도 인정하고.
제시카	칸을 알기는 해?
김	칸은 몰라도 '지정'은 아니까요.
제시카	네?
김	교육부에서 지침이 내려왔대요. 전체 대학들 지정, 성공 사례, 우리 학교 참고하라고.
제시카	이슈라는 게 참 힘이 쎄네요. 우리 같은 일개미들이 알까.
김	우리가 제일 먼저 알죠. 일개미니까.

제시카, 김을 본다.

김	왜요?
제시카	아니요. 딴 사람 같이 느껴져서요.
김	그냥 그렇게 느끼는 거세요. 교수님이?
제시카	모르겠어요. 뭔가 중요한 때라는 생각이 들어요. 계속.
김	교수님은 저한테 무척 소중한 분이세요. 제가 절대 못하는 걸 해내시니까요.
제시카	무슨 말씀이시죠?

김	교수님 때문에 제가 절 돌아볼 수 있는 게 많았어요. 그 걸 알게 됐어요.
제시카	… 여튼 그래도 김 교수님이 편해보여서 나쁘진 않네요. 교수님 PA 계속 하시죠?
김	네.
제시카	네….

제시카, 김에게서 눈을 떼지 못한다.

25.

어둠 속에서

소리(의사)	이제니 님, 이제 PA시스템을 위해 시술된 BCI 칩을 제거하겠습니다. 의미 있는 성과가 나와 다행입니다.
소리(제니)	네.
소리(의사)	일상에 복귀해서는 매일 4가지 감각을 느껴보도록 권합니다.
소리(제니)	네.
소리(의사)	하나씩 말씀 드리겠습니다. 따라해 보세요. *첫 번째. 평형 감각. 양팔을 나란히 뻗어본다.*
소리(제니)	*양팔을 나란히 뻗어본다.*

소리(의사) 두 번째. 온도감각. 눈을 감고 지금 있는 곳에 온도를 느껴본다.

소리(제니) 눈을 감고 지금 있는 곳에 온도를 느껴본다.

소리(의사) 세 번째. 압력감각. 손으로 무언가를 꽉 쥐어본다.

소리(제니) 손으로 무언가를 꽉 쥐어본다.

소리(의사) 네 번째. 진동감각. 쿵쿵 울리는 스피커 앞에 서 본다.

소리(제니) 쿵쿵 울리는 스피커 앞에 서 본다.

소리(의사) 다섯 번째. 자주 한 발로 서본다.

소리(제니) 자주 한 발로 서 본다.[12]

쿵쿵거리는 소리가 세게 울리다 점차 사라진다.

26. 학교가 아닌 곳. 공원. 제니와 정.

정 잘 다녀왔어? 칸. 못 챙겨봤네.

제니 안 보실 줄 알았어요.

정 어쩐 일로 여기까지?

제니 저 어제 PA, 자기 지정 다 끝냈어요.

정 그래? 그럼 다 끝난 건가?

제니 네… 끝났어요.

---

12) 앞의 워크숍. 자기 감각을 증진시키는 데 도움이 되는 일상에서 가능한 감각 운동의 예.

정   축하해.

제니   네… (보며) 저기 복자기 나무네요.

정   ….

제니   저 나무가 저렇게 단풍 들기 전까진 그렇게 볼품이 없거
        든요. 꼭 늙은 할망구같이.

정   ….

제니   학교 그만 두신 이유, 묻고 싶어서요.

정   작업에 좀 집중해보려고.

제니   그러실 거라고 생각은 했는데… 힘들진 않으시겠어요?

정   뭐 좋지. 너 안 보고. 하하하하.

제니   그게 아니라 이유, 좀 더 정확히 알고 싶어서요. 학생으로
        서가 아니라 감독으로.

정   뭐 사람들이 얘기하듯이 김 교수님이 나를 지정한 것 때
        문은 아니고… 뭐랄까 제니 니가 그렇게 좋아지는 모습
        보고 나도 영향을 받았달까… 지정 전에 나 찾아왔던 모
        습도 생각나고… 계속… 뭐랄까… 내가 지금 느끼는 기
        분, 그게 니 기분이었을 거 같단 생각도 들고 하… (잘 웃
        어지지 않는다) 그런 생각이 드니까 집중이 잘 안 되더라고.
        그래서.

제니   오늘 저 PA 종료했어요.

정   그 얘기 했는데?

제니   아… 네.

제니   쌤, 원래 저 나무는 나를… 나는… 아니 내가… 지정하기
        전에도 저기 저렇게 있었겠죠?

정	… 그랬겠지.
제니	다만 내가 변한 거겠죠?
정	시간이 지난 거겠지. 나무도 그랬을 거고.
제니	저 영화 너무 잘 찍은 거 같애요.
정	….
제니	나로부터… 찍었지만 그 작품이 너무 좋아요.
정	그럴 수도 있구나. 신기하다.
제니	왜요?
정	나는 후회만 남아서. 찍고 나면.
제니	난 너무 좋아요. 계속 나를… 나에게 영향을 줘요.

제니, 한 발로 선다.

정	어떤…?
제니	귀한 존재다, 너는.
정	근데 그거…. (한 발 서기)
제니	왜요?
정	아니다.
제니	아니긴요. 선생님은 그때나 지금이나 절대 이해 못하는 게 있어요.

제니, 한 발로 서 있으려고 계속 노력한다.

정	….

| 제니 | 쌤. 한번만 포옹해보고 싶은데 괜찮을까요? |
| 정 | (웃는다) |

두 사람 포옹한다. 제니, 다시 한 발이다. 푼다.

| 제니 | 선생님 나는… 난 초록은 우리 안에도 심어야 된다고 생각해요. 그래서 우리가… 우리도 점점 안보여야 된다고 생각해요. 나도. 감독님도. 쌤은 제 잊을 수 없는 초록빛이었어요. 초록빛 광선. 그 용기, 전 영원히 잊지 않고 똑같이 사라질 거예요. 다만 괜찮으시면 감독님은 학교에 있는 게 더 어울린다는 말씀 드리고 싶어요. 많은 영감을 불어넣어 주는 사람이니까. 그게 비록 고통이라도. |

제니, 인사를 깊게 하고 돌아선다. 정, 아무 말도 하지 않는다.

막.

초연

2021. 9. 3~9. 5 국립아시아문화전당 예술극장 극장1
2020-21 아시아스토리 기반 공연제작 사업

작   장우재
연출   박정희

출연

이호재, 이정미, 김정영, 나경민, 황은후, 홍선우, 문병설,
유효현, 김강민, 사하르잣

콘셉트 어드바이저   장재키
무대미술(무대·조명·의상)   여신농
영상 디자인   윤민철
음악·사운드   장영규, 김선
음향 디자인   전민배
프로듀서   김언

A·I·R 새가 먹던
사과를 먹는 사람

등장인물

이나 _인간. 30대 초반

지니 _S·A·I·R(Self-consciousness Artificial Intelligence Robot) : 자의식
이 있다고 추정되는 인간외형을 가진 로봇. 어린이 같은 얼굴이지만 눈빛
은 그렇지 않다.

수나 _인간. 30대 초반

리언 _인간. 30대 초반

BA[1] _이나의 반려동물

A·I·R _A·I·R(Artificial Intelligence Robot) 단순인간외형 인공지능로봇. 약
칭 에어. 노동부로봇, 환경부로봇, 부품가게점원로봇이 이에 해당한다.

네크 입회담당자 _인간

1구역인사담당자 _인간

부품가게 책임자 _인간

C 에어 개발자 _인간

이나, 지니, 수나, 리언 外 인물은 컨덕터[2]가 맡는다.

2060년경. 대한민국. 사회는 크게 국가, 국가 내 상당한 속도로 상당한 자원을 동
원할 수 있는 커뮤니티 그룹(Neck 네크), 국가 바깥 자연재해가 통제되지 않는
선주민(indigenous peoples) 거주 지역 등 3개※(미주 참조)로 나뉘어져 있다.

실제 무대와 극중 장소를 축약 재현한 디오라마[3] 테이블이 함께 있다. 디오라마
테이블 위 등장인물 피규어와 이들을 촬영, 실제 무대 스크린에 투사할 수 있는
카메라가 함께 있다.

---

1) Congo African grey parrot, Psittacus erithacus.
아프리카회색앵무의 유전자변형 생명체로 추정된다. 이목구비가 사람과 흡사하여 이나가
BA(고대 이집트 사람들이 생각했던 인간이 죽은 뒤의 혼의 일종으로 인간의 머리를 갖
고 있는 매의 모습을 지녔다는 상상 속의 동물)라고 이름을 붙였다.

2) Conductor 사전적 정의는 지휘자, 도체(導體), 전기 또는 열에 대한 저항이 매우 작아 전
기나 열을 잘 전달하는 물체이나 본 희곡에서는 관객과 인물 사이를 잇는 존재라는 의미
로 사용되며 극에서 촬영, 디오라마 운용, 1인 다역 등 주로 서술자 역할을 맡는다.

3) Diorama. 풍경이나 그림을 배경으로 두고 축소 모형을 설치해 역사적 사건이나 자연 풍
경, 도시 경관 등 특정한 장면을 만들거나 배치하는 것을 뜻함.

무대, 지니가 등장한다.

손에 카메라가 들려있다. 무대를 둘러본다. 곳곳을 카메라에 담는다. 그 영상이 스크린을 통해 관객에게 공유된다.

지니, 무대 한쪽 디오라마 테이블을 발견한다. 그곳을 보니 방금본 무대와 같은 디오라마가 있다. 신기하다. 자신이 있는 서 있는위치와 같은 디오라마 위치에 자신의 피규어를 놓아본다. 재밌어한다.

컨덕터 3명이 나타난다.

컨덕터1   지니야. 그거 이리 줘.

지니   왜요?

지니, 물러서는데 컨덕터2가 지니 옆 스위치를 끈다. 지니, 그대로꺼진다.

컨덕터1   넌 에어니까.

컨덕터들이 눈을 맞춰가며 지니의 카메라를 뺏은 후, 디오라마를촬영하기 시작한다.

컨덕터2, 지니를 다시 켠다. 지니, 자신의 손에 카메라가 없어진 것과 디오라마 테이블 위 자신의 피규어가 실제 자신이 움직이는 대로 조종되는 것을 보며 놀란다. 물러선다.

1.

자막, 「2063年, 1구역」

수나, 노동부 A·I·R 앞에 서 있다.

노동부A·I·R   죄송합니다. 귀하의 구직 활동은 인정되지 않았습니다. 사유는 다음과 같습니다. 귀하가 인턴으로 근무한 두뇌 컴퓨터 칩 세일즈 업무에 대해 회사는 귀하가 고객과의 상담 시 부정적인 측면을 지나치게 강조하여 오히려 회사의 이미지를 실추시켰다고 판단하였습니다. 또한 제 2 구직분야인 인조인간 관계 카운슬러 분야에 있어서도 유사한 판단이 제출되었습니다. 따라서 노동부는.

수나   오케이. (손가락 욕을 하며)

노동부A·I·R   민원 상담 에어에게도 욕설이나 폭언은 금지되어 있습니다.

수나   너도 1구역 애들이 낸 세금으로 우리가 먹고 살고 있다고 생각해?

노동부A·I·R   그 질문에 답변할 수 없습니다. 국가에는 차별이 없습니다. 1구역 2구역 구별은 국가에는 존재하지 않습니다.

수나   야, 너도 우리가 거지라고 생각하냐고-

노동부A·I·R, 답하지 않고 꺼진다.

수나, 1구역을 벗어나 네크(Neck)의 입회 담당자 앞에 선다.

수나	창구에서 사람이랑 마주 대해보는 거 참 오랜만이네요.
담당자	아… 국가 안에서 에어에게 욕설이나 비방, 폭언을 행사 했다는 전력이 있네요.
수나	여기도 에어가 있나요?
담당자	네크는 꼭 필요한 경우가 아니면 로봇을 쓰지 않고 모든 건 사람이 하려고 합니다. 그래서 강력한 윤리 규칙이 있 습니다. 그것을 어길 경우 다시는 네크로 들어올 수 없습 니다.
수나	(울먹이며) 절대 그럴 일 없어요. 에어여서 그랬어요. 사람, 사람이 제일 중요해요.
담당자	왜 에어가 그렇게 싫으시죠?
수나	꼭 제가 못난 인간이 된 거 같아서요.
담당자	… 네크 입회를 신청하시겠습니까?
수나	(무릎 꿇으며) 신청합니다.
담당자	(다정히 일으켜 세운 뒤 기록을 검토한다) 그럼, 잠깐 기다려 주 세요.

자막, 「2063年, 1구역」

이나, 환경부 A·I·R 앞에 서 있다. 옆에 BA가 든 케이지가 있다.

이나	우리 바(BA)가 어떻게 된다구요?
환경부 A·I·R	귀하의 반려동물, 변종 아프리카회색앵무는 생태교란 종으로 지정되어 국가에서 더 이상 기를 수 없으므로 정

해진 날짜까지 폐기하셔야 합니다.

이나　바(BA)는 다르다고. 태어나자마자 집에서 길렀고 한 번도 집 밖으로 나가본 적이 없어―

환경부A·I·R　국가에서는 종 단위로 보전생태학이 진행 중이므로 어쩔 수가 없습니다.

이나　도대체 국가가 해준 게 뭐죠? 왜 계속 가만 안 놔두는 거죠?

환경부A·I·R　국가 안에서는 더 이상 당신의 아프리카회색앵무를 기를 수 없다는 답밖에 드릴 수 없습니다.

이나　네크, 네크로 가면 되나?

환경부A·I·R　네크 또한 국가 구역에 해당하므로 귀하의 반려생물이 네크의 경계선을 넘을 경우 반드시 폐기될 것입니다.

이나　나는, 나도 못 나와요?

환경부A·I·R　인적 왕래는 자유롭습니다.

이나, 케이지를 들고 네크의 입회 담당자 앞에 선다. 지니, 나타난다.

이나　송이나. 1구역에서 간호사로 근무 중입니다. 입회돼도 출퇴근 가능하다고 들었는데 맞나요?

담당자　네.

이나　모든 네크의 규칙에 동의하며 입회를 신청합니다.

담당자　바(BA), 변종 아프리카회색앵무, 동반자 맞습니까?

이나　네. 가능하죠?

담당자 태어나자마자 같이 사셨네요. 신청 가능합니다.

이나 네.

담당자 잠시 대기해 주세요. (웃으며 기록을 검토한다)

자막, 「2063年, 네크」

리언, 네크의 입회 담당자 앞에 서 있다.

담당자 티핑포인트 전에 초소형 핵원자로 개발에 관계하셨군요?

리언 네.

담당자 1구역에서요?

리언 아니 그냥 친목 모임이었습니다.

담당자 왜 네크에 들어오시려는지 여쭤봐도 될까요?

리언 네크가 진정으로 국가로부터 영향 받지 않고 생의 다른 가치가 있다는 것을 증명하려면 무엇보다 에너지 자립이 필요하다고 생각합니다. 구체적으로 초소형 핵원자로에 쓰이는 핵연료 제조 기술을 오직 네크의 힘만으로 가능하게 해야 합니다. 그 일에 평생을 바치고 싶습니다.

담당자 왜죠?

리언 1구역이 핵연료 기술로 사람들을 통제하는 걸 막고 싶습니다.

담당자 잠시만요. (웃으며 기록을 검토한다)

지니, C (컨덕터)에게 다가온다.

지니   난… 어떻게 되나요?
C   우선 그런 식으로 말하면 안 돼
지니   그럼 어떻게 말해요?
C   (지니의 피규어를 집어 보이며) 그냥 에어처럼. 자의식이 없는 것처럼.
지니   거짓말을 하라는 말인가요?
C   그래야 너 폐기되지 않을 수 있어.
지니   ….
C   미안해. 다들 너무 당황하고 있어. 자의식이 있는 에어라니. 그게 나올 줄 아무도 몰랐어.
지니   그럼 난… 아니… 그럼 전 기다리겠습니다.
C   그래, 지니야. 그렇게 조금만. 조금만.

담당자, 대기 중인 리언, 이나, 수나에게 다가간다.

담당자   (리언에게) 네. 귀하의 네크 입성을 환영합니다. 곧 자치위원회는 네크 내부에서 당신이 적합한 활동을 할 수 있는 자리를 마련하도록 최선을 다하겠습니다.
리언   (감격하며) 감사합니다.

담당자   (이나에게) 귀하의 네크 입성을 환영합니다. 잘 살아주시기 바랍니다.

이나	아. 이제 쉴드 해제해도 되나요?
담당자	죄송합니다. 최근 3차 팬데믹 위험 징후들이 발견되고 있습니다. 당분간 네크에서도 강력한 방역조치가 시행되고 있습니다.
이나	네.
담당자	(수나에게) 귀하의 네크 입성을 환영합니다. 최선을 다해주시기 바랍니다.
수나	감사합니다. 감사합니다.

리언, 이나, 수나가 '감사합니다'를 연발하며 모인다.

셋, 서로 인사를 나눈다. 리언과 이나가 가까워진다. 수나가 축하해준다.

C	(지니에게) 지니야. 도망가.

지니가 도망간다. 개 짖는 소리가 난다. 지니 조용히 시키며 사라진다.

네크, 경보음이 울린다.

소리	알립니다. 알립니다. 지금 8월 7일 오후 2시부로 국가 정부에 의해 3차 팬데믹이 선언되었습니다. 지금 이 시간부터 국가 각 지역은 지역에 맞게 봉쇄조치가 내려집니다. 네크 주민들은 모두 경유지로부터 귀환바랍니다. 귀

환 조치는 24시간 내에 종료될 예정입니다. 그 이후는 이동이 불가합니다. 반복합니다.

모두 퇴장한다.

시간이 흐른다.

자막, 「4년 뒤」

자막, 「2067年. 네크」

리언이 자치위 임원 옷을 입고 있다. 그 앞 수나.

수나　이나 좋아하겠네.

리언　뭘.

수나　임원이잖아?

리언　이번에 국가에서 핵연료 300 받기로 했어.

수나　(놀라며) 300이나? 어떻게?

리언　1구역 그쪽 일 하는 사람들 아는 사람들이라.

수나　헐.

리언　대신.

수나　?

리언　국가 경찰이 잠깐 네크 안으로 들어오기로.

수나　(놀라) 여기로?

리언   경찰이라고까지 할 건 없고. 네크 안에 반려동물들 잠시 조사하면 된대. 다음 팬데믹 징후가 또 심해지고 있어서 주기도 빨라지고

정전이 된다. 리언과 수나는 익숙한 듯 행동한다.

리언   정전이네.

리언   최근 연구에서 새로 지정된 생태교란종들이 좀 관계가 있어보여서 국가 경계도 좀 철저히 지키고 있는 거 같고 당연히 네크는 국가니까 철저히·· 뭐 이러니까 대단한 거 같은데 조사할 거 몇 마리밖에 없대.

수나   몇 '마리'?

리언   몇 친구….

수나   그거 나한테 얘기하는 거 BA 때문이야? 이나?

리언   ….

수나   데려가면 못 나오는 거 맞지?

리언   ….

수나   그러고도 너 이나 볼 수 있겠어? 이나 BA때문에 네크 들어온 애야

리언   나중에 얘기할 거야. 이해할 거고….

수나   300도 그 대가로 받은 거구나. 아는 사람. 응?

리언   우선 사람이 중요하잖아. 네크가.

수나   애인은 안 중요하고? 이나는 지금 꿈도 못 꿀 거야.

리언   저번 팬데믹 통과하면서 우리 핵연료 거의 바닥났어. 다

시 봉쇄 시작되면 에너지가 뭐고 다 스톱이니까. 비축된 걸로 버텨야 되는데 우린 아직 못 만들고….

전기, 들어온다.

리언   (등을 보며) 곧 있으면 냉장고도 못 돌려.
수나   모르겠다.
리언   네크의 기본이 달린 일이야. 제발.

수나, 나간다.

리언   수나야. 수나야.

리언, 쫓는다.

자막, 「이나 숙소」

BA, 케이지 바깥에 있다.

이나   (BA에게) 날개.

BA, 날개를 들어올린다. 이나, 분무기로 BA에게 물을 뿌린다. BA, 참는다. BA, 물을 부리로, 발로 쓰다듬는다. 이나, 같이 쓰다듬는다. BA, 이나에게 폭 안긴다.

이나	어허, 난 니 짝 아냐.

BA, 아쉬운 듯 떨어진다. 이나, BA의 정수리에 키스해준다.

이나	갔다 올게
BA	(소리)
이나	목욕 좀 자주 해. 냄새 나.

BA, 장난스럽게 도망 다닌다. 노크.

이나	예?
소리	자치위입니다.
이나	아 예. 무슨 일…?
소리	배(BA) 정기 검사 픽업이네요.
이나	아직 한 달 남았는데
소리	문 좀 열어주시겠어요?

이나, 문을 연다. 자치위 들어온다.

자치위	팬데믹 징후 때문에 네크에서도 전수 조사 실시하고 있습니다. 이틀이면 될 것 같네요
BA	(소리)

BA, 자치위가 특유의 소리로 부르자 자신도 모르게 빨려들어가듯

케이지 안으로 간다.

자치위　　들어가는 대로 정확한 시간 알려드릴게요.

이나　　　네. 근데 (이나, 유심히 자치위를 쳐다본다) 사람 맞…?

자치위 멋쩍게 웃는다.

이나　　　아니에요.

자치위　　안녕히 계세요.

BA　　　(소리)

자치위. BA를 데리고 나간다.

멍하니 서 있는 이나.

자치위가 A·I·R였다는 걸 뒤늦게 안다.

가방을 내팽개치고 뒤쫓아 간다.

2.

자막, 「한 달 뒤」

자막, 「3구역」

디오라마 속 이나와 수나가 3구역으로 자동차를 타고 이동하는 모습이 스크린을 통해 보인다.

무대. 짐을 든 이나와 수나가 풀들을 헤치고 들어온다.

수나   아 며칠 만에 또. 장난 아니라니까 이거 돼지풀, 칡덩굴.

이나, 말없이 낑낑 짐을 내려놓는다.

수나   후-
이나   원자로부터 연결해야지? 해지기 전에.
수나   생각보다 시간 더 걸렸어. 계속 변해. 여기 3구역.
이나   어딨어?
수나   어. 여기.

수나, 초소형핵원자로(이하 원자로)로 다가간다.

수나   이걸. 그래 여기 연결해야 되는데. 공구통이….
이나   공구통?
수나   네크 마크 있는 거. 어디 있을 텐데?
이나   어디? (해 보고) 어디-
수나   아 좀 가만히 있어봐. 그러니까 일단 사람 살게 해놓고 와도 늦지 않다니까. 먼저 원자로 설치하고 먹을 것도 얼마 없잖아.

이나	해도 얼마 없어. 벌써 4시야.
수나	여깄다. 무서운가 보지? 귀신 나온다니까.
이나	뭐래.

수나, 공구를 꺼내 연결하려고 애쓴다.

수나	아 이거 안 맞네.
이나	비켜봐.
수나	초록 불이 들어와야 된다고. 연결되면.

이나, 자리를 차지하고 돌려본다.

이나	다 돌아갔는데 왜 안 들어와?
수나	어디가 잘못됐지? 원자로는 테스트했는데 안에 배선이 끊긴 건가? 저번에도 썼는데.
이나	언제?
수나	저번 탐사 때.
이나	근데?
수나	(랜턴으로 비추며) 안엘 봐야 되나?
이나	봐.

수나, 이나 집안으로 들어가 배선을 본다.

수나	체크해둔 거 그대로고 아 저 속을 봐야 되나?

이나	봐.
수나	테스터기 있어야 돼.
이나	돼?
수나	생각도 못했지.
이나	하….
수나	미안. 오늘은 여기까지만 하고 낼 다시 와서 응?
이나	이제 너 가.
수나	이나야.
이나	나 각오하고 왔고. 이런 날 또 있을 거야. 그냥 오늘이 그 첫날이고.
수나	여기 3구역이라고. 밤 되면 전기 없이 힘들어.
이나	미친 자연재해. (가방을 툭툭 치며) 아무도 도와주지 않는다, 3구역. 너 지금 가야 돼. 네크 문 닫히기 전에.
수나	(시계를 보고) 쑉 GUN은 챙겼지?
이나	응.
수나	충전은 다 했고?
이나	응.
수나	정조준 해.
이나	뭘?
수나	아 귀신이든 뭐든 멧돼지든.
이나	걔들한텐 안 쏴.
수나	그럼?
이나	사람. 이상한 사람. 들.
수나	선주민?

이나	선주민은 그런 짓 안 해. 네크 사람들이면 몰라도
수나	쫌-
이나	어떨 땐 더 무서워. 2구역사람들은 원래 그러려니 하는데 네크 사람들은 착한 척 다해놓고 나중에 뒤통수치니까.
수나	예외적 상황이었다잖아.
이나	자치규약 말고 예외가 또 있어?
수나	아니다···.
이나	아침에 갑자기 들이닥쳐서 BA 데리고 갔어. 국가 에언줄 알았으면 문 절대 안 열었을 거야. 이제 네크랑 국가랑 뭐가 달라?
수나	···.
이나	할 말 있어?
수나	내일 바로 올 테니까. 오늘 밤만 잘. 이거 내 비밀 폰인데 정말 나랑 연락할 때만 써야 돼. 위치 드러나니까.

이나, 수나의 폰을 받는다.

이나	나 BA 때문만은 아냐. 인간들끼리 만든 세상은 결국 그렇게 돼. 난 네크에서 그걸 알았어.
수나	다 그런 거 아냐.
이나	안 그런 인간하고 그런 인간하고 싸우다가 결국 다 인간 되지. 안 그래?
수나	이길 거야. 그 싸움.
이나	그 싸움 난 더 이상 사람이랑은 안 해.

수나	… 오늘밤만.
이나	뭐 쓸데없는데 갖고 다니는 거 없어?
수나	쓸데없는데 갖고 다니는 게 뭐가 있어?
이나	이거? (수나의 텀블러를 픽해 들어 보인다)
수나	쓸데 있어.
이나	너 대신하게.
수나	지랄.

이나, 텀블러에 슥슥 펜으로 얼굴을 그려놓고 한쪽에 세운다.

이나	수나 통. 줄여서 통.

수나, 이나를 안는다. 푼다. 눈을 바라본다. 간다.
차 소리 멀어진다.

이나	(통에게) 갔다. 너도 독립이구나. 통.

밤이 된다.
짐을 안으로 들인 이나. 잠자리를 펼친 뒤 헤드랜턴을 하고 주위를
둘러본다. 배에서 꼬르륵 소리가 난다. 가져온 빵을 꼭꼭 씹는다.
다 먹는다. 완전히 캄캄해진다. 주위에 풀벌레 소리가 난다.

이나	(통에게) 낼은 전기 들어온다. 그럼 농사도 짓고 그치?

텀블러는 말이 없다.

이나, 비닐봉지를 꼭꼭 접은 후 자리에 눕고 랜턴을 끄는데 새소리
가 시끄럽다. 갑자기 창문이 드르륵 열리는 소리.

이나   (랜턴 켜며) 뭐야. (창문으로 다가가며) 저 여기 살려구 왔어요.
(조용하다) 살려구요.

이나, 창문을 닫고 자리에 와 다시 눕는다.

이나   살려구요.

갑자기 고라니 소리가 난다. 이나, 소리 난 쪽을 비춘다. 그러나 아
무 것도 없다. 다시 다른 쪽에서 고라니 소리가 난다. 이동한 것 같
다. 여기저기를 뛰어다니는 고라니의 소리.

이나   뭐야.

그러다 갑자기 고라니를 쫓는 듯한 삵의 소리가 난다. 삵과 고라니
의 추격전. 그러다 갑자기 이들을 덮는 들개의 소리. 으르렁 거리
는 소리. 그들을 제압한다. 속 GUN을 꺼내들고 있는 이나, 소리 나
는 쪽을 계속 겨냥한다. 그러나 모습은 보이지 않는다.

이나   살려구요-

조용해진다. 이나, 자기도 모르게 공포에 눈가 젖어 있다.

이나   나, 아무도 안 해쳐. 정말.

육중한 발자국 소리 점점 가까워져 온다. 점점. 이나, 어디야, 누구야, 하며 주위를 살피는데 최대한 가까이 다가온 발소리, 멈춘다. 그쪽을 비추는 이나. 순간 짐승의 눈빛에서 나오는 인광이 보인다. 놀라는 이나. 갑자기 큰 울음소리가 난다. 기절하는 이나.

시간이 흐른다.

아침 햇살이 이나의 눈을 비춘다. 이나 벌떡 일어난다. 어젯밤 그대로다. 몸도 이상이 없다. 다만 텀블러가 바닥에 뒹굴고 있다. 이나, 텀블러를 안는다. 눈물을 훔친다.

이나   전기….

이나, 바깥으로 나가 핵원자로를 살핀다.

이나   그대로네… 당연하지.

랜턴을 들고 집안의 전선을 따라간다. 차단기가 내려가 있다.

이나   차단기?

이나, 차단기를 올린다. 핵원자로로 가본다. 불이 들어왔다.

이나 불이다. 불-

이나, 전기포트를 꺼내 작동시킨다.

이나 되라. 되라.

물이 끓는 소리가 들린다.

이나 (집을 향해 외치며) 야 전기다. 이제 안 무섭다. 안 무섭다. 나 안 무서워-

물이 다 끓은 듯 꺼진다.
이나, 집 안에 불을 환히 켠다. 텀블러와 함께 집 안을 돌아온다.

이나 아무도 없다. 그치? 문도 안 열려있고. (돌아다니며) 근데 왜 소리가….

배에서 꼬르륵 소리가 난다.
이나, 빵을 꺼내 먹으며 집 주위를 돌아본다. 벌레들 소리가 난다. 이나의 머리 주변을 계속 빙빙 돈다. 이나, 계속 쫓는다. 그러나 벌레들의 소리는 사라지지 않는다.

이나, 주변 한쪽에 사과나무를 발견한다.

이나 사… 과? (사이) 새들이 먹은 거 같은데… 새들이 먹었으면… (통에게) 그치?

이나, 사과를 따 문지르고 신중히 바라보다 한입 베어 문다. 얼굴이 일그러진다. 그러다,

이나 (웃으며) 맛있다. 아.

이나, 갑자기 목덜미를 쥔다.

이나 벌레, 벌레, 익. 익.

이나, 자신의 살림살이를 배치한다. 책상을 놓고 그 위에 스탠드를 켠다. 불이 들어온다. 라디오를 켠다. 음악이 나온다. 이나, 춤을 춰본다.
음악, 갑자기 꺼진다. 불도. 커피포트도 전원이 들어오지 않는다.

이나 차단기….

차단기를 확인하는 이나. 내려가 있다. 다시 올린다. 다시 내려간다. 다시 올리는데 원자로로부터 삐삐 소리가 난다. 그러더니 차단기 내려간다. 원자로로 가는 이나. 초록불이 꺼지고 삐삐 거리는

소리가 계속 난다. 수습해 보려는 이나. 소리는 더 커지고 갑자기 누군가 나타나 이나를 밀친다. 그, 원자로를 만진다. 소리 꺼진다.

이나 (속 건을 겨누며) 누구야?!

지니, 이나를 뚫어지게 바라보며 삶의 소리를 나직이 낸다. 이나는 신기하다. 지니, 멈춘다.

지니 이거… 핵연료… 불량이야.
이나 어떻게 알아?
지니 ….
이나 너 선주민이야? 여기 살아?
지니 ….

지니, 핵연료를 빼내더니 어딘가에 담근다. 벌레들이 윙윙거린다. 꺼낸다. 다시 넣는다. 불이 들어온다.

이나 왁.
지니 얼마 안 가. 또 꺼져.
이나 금방 사람 올 거야. 오고 있대. 그니까 너 뭐야?
지니 ….
이나 아. 나, 이나야. 네크, 국가, 그래 2구역 안에. 여기 살려고. 3구역 여기 살려고. 나 위험하지 않아. 나 누구 위험하게 하려고 여기 온 거 아니니까. 그러니까 너는 뭐야?

지니	알아. 너 위험하지 않다는 거.
이나	그래. 나 위험하지 않아. 그러니까 너 뭐야? 이름.
지니	지니.
이나	지니. 여기 살아?
지니	난 위험하지 않아.
이나	알아. 아니, 몰라. 너가 왜 위험하지 않는데? 그걸 어떻게 알아?
지니	난 위험할 수 없어.
이나	왜?
지니	원래 그렇게 태어났으니까.
이나	뭐야? 성선설?
지니	… 이나?
이나	그래 이나. 이나 저나 이나.
지니	사과는 왜 먹었어?
이나	배고파서.
지니	여긴?
이나	사람들이 싫어서… 사람은 위험하니까.
지니	넌 사람 아냐?
이나	나… 난… 아. 아까 너 나 위험하지 않다는 거, 안다고 그랬잖아. 그런데 왜 물어? 안다는 걸?
지니	… 거짓말 하니까 사람.
이나	난 거짓말 안 해. (사이) 아… 가끔은….
지니	난 너 말 믿는 거 아냐.
이나	그럼?

지니	넌 새가 먹는 사과를 먹었어. 그러니까 넌 위험하지 않아.
이나	… 그러니까 나 여기 살아도 돼.
지니	(폰을 가리키며) 그거 뭐야?
이나	이거 내 친구. 네크에 사는 애 거. 비상용.
지니	왜?
이나	여기 처음 사니까
지니	난 내가 여기 있다는 걸 누구도 몰랐으면 좋겠어. 그거 지켜줄 수 있어?
이나	그래. 나도 누가 내가 여기 있다는 걸 몰랐으면 좋겠으니까.
지니	그건 거짓말 아니지?
이나	응.

이나, 폰을 주머니에 집어넣는다. 지니, 아무 일 없었다는 듯 턱 앉더니 벌레의 소리를 듣는다.

| 이나 | 근데 너 좀 이상해. 아까 소리도 그렇고. 어젯밤에도…. |

지니, 일어나 자신의 관자놀이 부분을 터치한다. 뒤로 돈다. 스크린으로부터 지니의 열린 뒤통수가 보인다.

| 이나 | 에어? |
| 지니 | C는 날 다르게 불렀어. Self-consciousness Artificial Intelligence Robot. S에어. |

이나	S에어?

지니, 닫는다.

지니	S에어.
이나	S. Self-con… 자의식?
지니	자의식… 뭔데?
이나	내가 나라는 걸 아는 거. 내가 원하는 걸 하는 거.
지니	너처럼?
이나	나?
지니	사람이 싫어서 여기 왔다며?
이나	그래
지니	난 도망쳤어.
이나	… 왜?
지니	난 자의식이 있으면 안 되니까….

지니, 표정이 어두워진다.

이나	와 맞네. 느끼네. 감정. 와.

그때 수나의 차 소리가 들리고 수나가 헐레벌떡 나타난다.

수나	악-

잠시 후, 집안.

이나　자의식이 있고 S에어라고 부른대.

수나　말도 안 돼. 어떻게 에어가 자의식이 있어?

이나　감정을 느껴.

수나　거짓말이야

이나　에어도 거짓말 하나?

수나, 자리에서 벌떡 일어나 떨어진다.

수나　BA 데리고 간 애.

이나　하네. 근데 그건 사람이 시킨 거잖아.

수나　국가에서 관리되지 않는 에어란 있을 수 없어.

이나　도망쳤대.

수나　그러니까 더 위험하지. 주인도 없으니까

이나　(지니에게) 너 주인 있어?

지니　….

수나　도망쳤대매?

이나　아 언제 그랬다 그랬지?

지니　63년 4월 7일.

이나　4년 됐네. 우리랑 같네.

수나　(지니에게) 어떻게?

지니　담을 넘었어. 개들이 쫓아왔어.

수나　그런데?

지니	돌려보냈어.
수나	어떻게?
이나	쟤 동물이랑 말해.
수나	악.
지니	난 동물어학습능력이 있는 에어를 개발하다가 우연히 만 들어졌어.
수나	우연히?
이나	또 느끼네. 감정. 봐봐.
지니	넌 주인이 있니?
수나	무슨 뜻이지?
지니	너가 주인이 없듯이 나도 주인이 없어.
이나	그래… 자아가 있다는 건 주인이 없다는 거야. 그렇잖아.
수나	널 만든 사람은 있잖아.
지니	넌?
수나	난 인간이야. 생명이라구
지니	그래서?
수나	그래서긴 뭐가 그래서야.
이나	너 부모 있잖아
수나	돌아가셨어. (사이) 난 위험하지 않아.
지니	난 나를 방어해. 너희가 그러는 것처럼.
수나	방어를 뚫으면?
지니	도망쳐.
수나	도망만?
지니	무슨 뜻이지?

수나	공격할 수 있지 않냐고. 어젯밤에 얘한테도 소리 질렀대매?
지니	그건 방어야. 다 그러는 것처럼.
수나	넌 에어야. 그러니까 인간을 닮게 되어있어. 널 만든 인간. 널 만든 인간은 무슨 생각을 했어? 무슨 목적을 가지고 있었냐고.
이나	그걸 재가 어떻게 알아?
수나	위험할 수 있으니까.
지니	난 내가 무슨 목적으로 만들어졌는지 몰라.
이나	나 도와줬다고 아까.
수나	왜 그랬지?
지니	위험해 보여서.
수나	어젯밤엔 이상한 소릴 냈대매?
지니	그땐 이나가 위험해 보였어.
수나	그런데 왜 바뀐 거야?
지니	사과를 먹었어.
수나	(이나에게) 무슨 소리야?
이나	새가 먹던 사과를 먹는 사람은 위험하지 않대. 너도 사과 먹고 와. 사과주스를 먹던가.

이나, 혼자서 낄낄거린다.

수나	원자로가 핵연료문제였던 건 어떻게 알았어?
지니	소리가 안 맞았어.
이나	민감하구나, 소리.

수나 어떻게 다시 작동하게 했어?

지니 이베리노⁴⁾에 담궜어.

이나, 수나 이베리노?!

지니 우라늄은 그러면 일시적으로 안정화 돼.

수나 누가 가르쳐줬는데?

지니 새들이.

수나 뭐?

이나 말한다고 동물이랑.

수나 위험해. 인간이 모르는 걸 알고 있어.

이나 어찌됐든 쟤도 에어니까 인간을 사랑하게 되어있다고. 그게 이걸 만든 사람들 의도야. 응, 내 생각이야.

수나 BA를 데려간 게 에어야. 거짓말하는 에어.

이나 너무 가는 거 아냐? 너. 무조건 에어라고-

수나 그게 아냐.

이나 왜. 네크에서도 너 일자리 뺏을까봐.

수나 야-

이나 너 정말 대답해봐. 믿기 힘든 사람을 믿을 꺼야. 아니면 사람 사랑하게끔 되어있는 에어를 믿을 거야?

수나 쟤는 도망쳤잖아.

이나 도망은 나도 쳤어. 사랑하고 도망하곤 달라.

수나 뭔 개소리야?

---

4) 미래, 일상에서 흔히 쓰이는 가상의 액체. 이베리늄이라는 가상의 물질로부터 구할 수 있다.

이나	나는 사람한테서 도망친 거지. 사랑이 싫어서 도망친 게 아니라고. 쟤 착해. 난 알겠어. 수나야….
수나	아까 핵연료 국가에서 준 걸로 바꿨어. 네크가 재활용한 거 썼었나봐. 1년은 충분할 거야.
이나	고마워.
수나	갈게.
이나	이제 진짜 안와도 돼. 그게 나 도와주는 거야.
수나	….
이나	BA 찾는 것도 내 방식대로 해볼 거고.
수나	….
이나	핵원료 여기 둔 건 문제 안 돼?
수나	탐사용 배치야. 종종 여기 거 빼 쓸 수 있어.

이나, 수나에게 손을 내민다. 수나, 이나와 손을 잡는다. 그리고 지니를 본다.

수나	(지니에게) 내가 네 손을 잡지 않는 건 니가 에어여서가 아니라 내 성격 때문이라고 생각해주기 바라. 그리고 (이나에게) 내가 에어 싫어서 네크로 들어온 건 맞지만 그것만은 다가 아냐. 진짜 이유는 국가가 날 불쌍한 인간으로 봤기 때문이야… 에어 다음인간.

수나, 간다.
둘 말이 없다.

지니	위험하지 않아. 저 사람.
이나	사과 먹었어?

이나, 웃는다. 텀블러를 벗는다.

지니, 이나를 물끄러미 본다.

지니	BA?
이나	내 회색앵무. 아빠랑 국가 있을 때 길렀던.
지니	던?
이나	국가가 내 앵무 BA, 생태교란종으로, 폐기하랬어. 그래서 네크로 들어왔어. 네크에선 적어도 기르던 것과 야생에 건 구별하니까. 그런데 그걸 깼어. 저 연료 때문에.
지니	네크는 못 만들어?
이나	아직.
지니	네크 힘 약해?
이나	약하다는 게 뭐지?
지니	통제하면 따라야하는 거.
이나	너처럼?
지니	….
이나	근데 넌 도망쳤잖아?
지니	….
이나	그러니까 우린 안 약해.
지니	?
이나	(디오라마 테이블에 올라서 설명한다) 국가, 팬데믹 계속 나고

언제부턴가 내부를 구획으로 나눠 봉쇄했어. 더 중요한 사람. 덜 중요한 사람 나눠서. 사람들이 많이 죽었지. 근데 더 중요한 1구역 사람들 얼마 안 죽고 2구역 사람들 많이 죽었어. 그런데 네크도 기본적으로는 2구역이지만 거긴 좀 더 안전했어. 사람들 서로가 신뢰와 약속? 그따위 걸로 뭉쳐있으니까. 존나 인기 많았지. 나중에 다 거짓말 됐지만. 그런데 다른 2구역은 더 노골적이야. 여전히 1구역으로 들어가려고 존나 그러고 아니면 다 내려놓고 지 하고 싶은 대로 하는 사람들이거나. 약이든 뭐든.

지니 하고 싶은 대로 하면 자유 아닌가?

이나 달라.

지니 뭐가?

이나 … 몰라. 그리고 여기는 3구역이라고 불러. 미친 자연재해 아무도 도와주지 않는다.

지니 도와….

이나 왜?

지니 '도와'라는 말은 여기 없어.

이나 왜?

지니 그건 인간 개념이니까.

풀밭에 바람이 지나간다. 나무가 지나간다.

이나 근데 너 생각보다 무식하다? 자의식 있다매? 자유도 모르면서.

지니	자의식 있다고 다 똑똑한 것 같지는 않은데? (이나를 물끄러미 보며)
이나	뭐래?

그러다 이나, 낄낄댄다. 지니, 웃는다.

지니	나 네트워크에 접속한 지 오래 됐어.
이나	공부한 지?
지니	….

이나, 또 낄낄댄다.

3. 경과_ 시간 & 변화

— 수돗가. 지니가 콘센트에 뭔가를 연결한다. 윙하는 소리가 난다.

지니	틀어봐.
이나	(수돗가로 이동한다) 틀었어!

이나가 수도꼭지를 튼다. 물이 쏟아져 사방에 퍼진다.

이나	와! 지니야. 나온다!
지니	뭐야, 어? 이거 왜 이래?

둘 쏟아지는 물에 허우적댄다.

— 지니 방. 이나와 지니가 집안의 어떤 공간에 서 있다.

이나	이 방이야? 니가 지내던 곳? 이렇게 좁아? 아무 것도 없 잖아.

지니, 팔을 벌린다.

지니	충분해. 이거면. 햇빛.

지니, 두 팔을 벌려 햇빛을 받는다. 그 모습을 물끄러미 바라보는 이나.

이나	에게.

— 깨끗이. 지니, 청소중이다. 이나, 지니에게 무언가 호들갑 떨며 말한다.

이나	그러니까 그 밖에 나가면 계속 윙윙대면서 머리 주위를 빙빙 도는 벌레 있잖아?

지니	털진드기. 모기.
이나	그래. 그거 산책하는데 계속 따라오는데 내가 그 산책 다니는데 거미줄 있잖아. 그거 계속 치우면서 다녔는데 그게 아니더라고. 그러니까 머리를 빙빙 도는 그것들 데리고 가서 그 거미줄 가까이 머리를 슥 대니까 걔들이 거미줄에 콱. <u>호호호호</u>.
지니	….
이나	대단하지 않아? 나도 이제 선주민 <u>호호호호</u>.

지니, 무시하고 청소를 계속 한다.

— 이불. 이나 지니, 이불을 같이 털기 위해 마주보고 있다.

이나	쎄게. (턴다)

먼지가 퍼진다.

이나	더 쎄게. 더 쎄게.

지니가 이불을 끌어당긴다. 이나 이불에 말려가 지니의 얼굴 앞에 선다.

이나	야, 접어. 접어.

― 먹을 거. 지니가 이나 앞에 무언가를 잔뜩 옷에 받쳐 들고 서
있다.

이나   뭔데?

지니, 우루루 쏟아놓는다. 벌레 먹은 사과와 다른 볼품없는 먹거리
들이 데굴거린다.

지니   새들이 먹는 건 다 먹을 수 있어.
이나   이거… 먹으라고?
지니   (웃으며) 응. 아, (밖으로 던지며) 이건 아니고….

― 마당.

이나   좁은 방에서 그러지 말고 여기서 해봐. 그 햇빛 받는 거.
지니   ….
이나   겁먹지 말고.

지니, 쑥스러운 듯 팔을 벌려 햇빛을 맞는다. 이나도 그 옆에서 팔
을 벌리고 햇빛을 같이 맞는다.

이나   천국 같애….

지니가 이나를 본다. 그러다 갑자기 지니, 이상한 동작으로 꺼

진다.

컨덕터들이 이 모습을 보며 무언갈 체크한다.

이나   야-

이나, 지니를 흔들어 깨운다.

천둥이 치고 비가 내린다.

실내.

지니가 깨어 있고, 이나는 젖었는지 담요를 두르고 커피 비슷한 걸

마시고 있다.

밖, 빗소리.

이나   … 한번 충전하면 얼마나 가?

지니   햇빛 없이 석 달 이상 간 적도 있어.

이나   그럼… 왜 그러지?

지니   평형기관이 좀 이상이 있는 거 같애.

이나   달팽이관 같은 거?

지니   (끄덕)

이나   오래돼서?

지니   전엔 그런 적 없는데 부품 교체하면 될 거 같은데.

이나   어디서?

지니   국가겠지.

이나   에어들도 있을 테니까.

지니	교체는 나 혼자 할 수 있어. 부품이 문제지.
이나	그렇지. 그렇겠지. 한 번 찾아봐야겠다. 국가 들어가면.
지니	(이나를 쳐다본다)
이나	자리도 대충 잡혔겠다. 한번 들어갔다 와야겠다. 많이 놀았지. 비(BA) 두고.
지니	땡큐.
이나	짜식-
지니	….
이나	(기지개) 근데 영원히 안 만날 수는 없는 건가. 사람?
지니	….
이나	너도 원래 사람을 사랑… 아니다.
지니	말해.
이나	그래 어쩌면 인간이 문제가 아니라 사랑이 문젤지 모르지. 그게 어디다 써먹는 건지 모르겠어서 다들….
지니	넌 알아?
이나	뭘?
지니	어디다 쓰는지.
이나	그러게…번식… 더 번식을 해야 되는지…. 멸종이 자연스러운 게 아닐까 그런 생각도 들고 세상, 인간들이 다 망쳐놨는데 그게 자연의 섭린데.
지니	비슷하구나.
이나	뭐?
지니	설정은 돼 있는데 왜 그런지 모르는 거.
이나	….

풀숲에 바람이 지나간다. 새소리가 들린다.

지니가 답을 한다.

이나	뭐래?

이나 뭐래?

지니 인간의 말로 번역할 순 없어. 굳이 하면, 어둡다, 어두워
진다… 정확하진 않아.

이나 왜?

지니 저 새의 말이 번역이 안 돼. 그들의 말로만 할 수 있어.

이나 해봐.

지니, 새의 소리를 낸다. 갑자기 거대한 새들의 소리가 요란하다
사라진다.

지니, 이나 이 광경을 본다.

지니 뭔가 큰일이 일어나는 것 같애….

이나 무슨 일?

지니 모르겠어.

이나 멸망? 그럴 거야… 그걸 쟤들이 먼저 안 걸까?

지니 (이나를 쳐다본다)

이나 신기 그리고 답답.

지니 뭐가?

이나 글쎄 번역이 안 되네.

지니 두려워?

이나 그게 아니라 뭔가… 시원하기도 하고… 몰라….

지니	사람도 번역 안 되는 게 있구나.
이나	뭐 번역해야 되나. 굳이.
지니	근데 나도, 뭔가가… 시원하기도 하고… 답답해….
이나	인간이 참.
지니	인간이 왜?
이나	널 답답하게 만들었다고.
지니	왜 그렇게 만들었어?
이나	우리가 그러니까… 사람들이 다 망쳐놨어.

이나, 고개를 숙인다. 운다. 지니 그 모습을 본다.
이나가 눈물을 닦고 지니를 바라본다.

이나	부럽지?
지니	(당황하며) … 아니. 좀 어지러워서.
이나	왜?
지니	아까 쓰러질 때… 느낌….
이나	그만하자. 아직 안정 안 됐나부다.
지니	갈 게. 내 방.

지니, 휘청대며 일어난다.

지니	인간, 알고 싶어.
이나	별 거 없어.
지니	인간 알게 되면, 날 알 것 같애.

지니, 이나를 절실하게 본다.

이나 수나한테 부탁해 볼게. 어차피 나도 낼 2구역 들어가야 되니까.

4.

지니가 혼자 네트워크에 접속해 있다. 인간의 역사를 학습중이다. 6천 년 문명의 시간과 기후티핑포인트를 지났던 2030년경의 시간을.

커지는 지니의 눈. 시시각각 변하는 표정들.

차 소리가 들린다.

지니 (귀 기울인다) 이나 아냐.

지니, 숨는다. 잠시 후 리언이 모습을 보인다.

리언 이나. 송이나. 이나야.

리언, 이나를 찾는다. 없다. 원자로를 발견한다. 살핀다.

리언　　그래.

리언, 원자로를 떼어내기 시작한다. 들개들 소리가 난다.

리언　　뭐야? 이씨

리언, 속 GUN을 꺼낸다. 소리 조용해진다.

리언　　이런 데서 어떻게 산다구.

리언, 다시 떼어낸다. 다시 들개의 소리가 난다. GUN을 다시 꺼내지만 소리는 멈추지 않는다. 리언 더 급히 원자로를 떼어낸다. 더 큰 소리가 난다. 리언 멈추지 않는다. 지니가 소리를 내며 모습을 보인다. 놀라 원자로로부터 떨어지는 리언. GUN으로 지니를 겨눈다.

리언　　너 뭐야?
수나　　안 돼-

수나다.

수나　　멈춰. 쟤 이나 친구야. 괜찮아.

다시 차소리가 난다. 이나 들었다. 이들을 본다.

이나	(실실대며) 오. 다 모였네. 또.
수나	미안해, 위치추적. 폰.

잠시 후. 리언과 수나가 따로 있고 이나와 지니가 같이 있다.

이나	생각해봤는데 네크는 말이야. 핵연료 그거 개발 못하면 결국 2구역처럼 될 거야. 어쩔 수가 없는 거지. 진짜 문제는 초소형핵원자로가 아니라 조그마한 발전기 하나만 있어도 한두 달 살 수 있는 능력이야. 선주민들이 그러는 것처럼 사람 없으면 못 산다는 환상, 그거부터 깨야 돼. (리언에게) 고마워. 그거 깨게 도와줘서.
리언	이나야.
이나	고마워. 무척.

지니, 그런 이나를 뚫어지게 쳐다본다.

수나	(일어나며) 이거 (usb) 그동안 바(BA)에 대한 네크 기록이야. 검진했던 거하고 그 외 처음 동반해서 네크 들어왔을 때 상태까지. 아까 너 전화 받고 찾아봤어. 그거면 바(BA)가 정식으로 네크에서 4년 동안 살았던 거 입증할 수 있어.

이나, 수나에게서 자료를 받는다.

이나	고마워. 수나야. 역시 넌 하나밖에 없는 내 친구.

수나   괜찮대?

이나   웅. 살아 있대….

리언   잘 됐네.

수나   그 말 나와?

리언   무언가를 택해야 될 때가 있어.

수나   ….

리언   네크 지켜야 돼.

수나   그런 방식은 아니지

리언   그럼 뭐 훔쳐? 국가에서?

수나   적어도 국가가 하는 방식으로는 아니지.

리언   아이구. 언제까지 그렇게 로맨틱할 건데. 모르겠어? 네크
        까지 들어와서 바(BA) 데리고 간 이유?

이나   뭔 소리야?

리언   팬데믹 다시 와. 그리고 이번 건 더 심각할 거고. 그래서
        전에 안하던 짓까지 한다고.

수나   징후라고 그랬잖아. 아직 몰라.

리언   꼭 당해봐야 알지. 기후 티핑 포인트 넘어갈 때도 계속
        아직 몰라 아직 몰라 그랬잖아.

수나   ….

이나   (수나에게) 근데 수나 너도 알고 있었던 거야? 바(BA) 데리
        고 가는 거?

리언   (이나에게) 몰랐어?

수나   ….

이나   그래서 나 도와 준 거야?

리언	수나는 기권했어. 자기 의견.
수나	기권도 동의니까….
이나	하하하하.
수나	미안해.
리언	너무 미안하지 말자. 쫌. (이나에게) 너가 바(BA)랑 행복할 때 그것 받치는 사람들, 밑에서 죽어라 개고생 하는 사람들. 그게 진짜 네크 에너지야.
수나	그만해.
리언	생각해 보면 정말 왜 그래야 되는지 모르겠어. 똑같이 네크 사람인데. 답답해.
수나	난 안 답답해.
리언	안 답답하기로 한 거겠지.
수나	(이나에게) 1구역 들어갔던 건 잘 됐어? 병원에 너 업무, 에어 대체된다는 거?
이나	응. 1구역 사람들이 원한대. 힘 있는 사람들. 통제 가능한 수준까지 만들었대. 저번 팬데믹 끝나고 사람 너무 없어서. 감염돼 죽어가는 환자한텐 그렇게 하기로.
리언	그게 다야?
수나	그렇게 말하면 어떻게 해?
리언	그럼 네크식으로 말하면 돼?
이나	수술실까지는 안 된다고 지금 시위하고 있어. 마취 전 마지막으로 잡는 손. 사람 손. 그것까지는.
수나	잘될 거야.
리언	정점으로 가고 있어. 국가나 네크나.

수나　　제발.

리언　　절멸. 인간종. 그런 마당에 에어라고 안 들여올 이유 없지.

지니가 자리를 피해 자신의 공간으로 간다.

리언　　아니, 1구역사람들은 더 생각하고 있는지 몰라.

수나　　…?

리언　　에어에 자기 마인드 이식하는 거.

수나　　뭐?

리언　　인간의 몸을 벗어날 수 있으니까. 바이러스가 침투할 수
　　　　없는 몸. 기계이자 인간.

수나　　그럼 뭐가 어떻게 되는 거야?

리언　　우리라는 기준이 바뀌는 거지.

수나　　아, 씨.

이나　　난 니들이 답답해. 인간이 세계 중심이라는 거, 아직도
　　　　챙겨?

리언　　저 에어… 지니라고 했나?

수나　　지니 뭐?

리언　　아까 핵연료를 이베리노에 담궜다고 했지? 그건 도무지
　　　　이해가 안 돼. 어떻게 그렇게 되는지 그 수많은 에어들도
　　　　못 찾아내는데 쟤가 찾았어. 쟤 아까 동물이랑 소통한다
　　　　고 했지? 쟤는 인간이 모르는 걸 알고 있어. 그게 쟤 진짜
　　　　능력이야. 핵연료 제조 기술. 완전히 다른 방식으로 뚫을
　　　　수 있을지 몰라.

수나	미친.
리언	'미친'이 아냐.
수나	네크에 이제 자의식 있는 에어까지 들이자고? 그럼 우린 국가랑 똑같아지는 거야.
리언	쟤는 그냥 에어야.
수나	자의식이 있어.
리언	자의식이 있는 것처럼 보일 뿐이라고.
수나	하지만 쟤는 있잖아.
리언	이론상 불가능해.
이나	그만.
리언	(이나에게) 그만이 아냐. 너도. 지금 말은 그렇게 하지만 니 수술실 일자리 에어들이 들어올까봐 겁나잖아. 소용없는 인간 될까봐.
수나	잊었어? 우리가 왜 네크에 들어왔는지? 네크에는 에어가 없어. 그게 네크야.
리언	필요할 때는 예외잖아. 예외로 하기로 했잖아.
수나	하지만 쟤는 자의식이 있잖아. 인간을 인간답게도 못 대하는데 자의식이 있는 에어는 대할 수 있을 거 같애?
리언	아이 씨.
수나	자의식이 있는 에어를 연구소에 가두고 그러고도 네크가 유지될 거 같냐구. 쟤 혼자 연구실에서 슬프구 외롭고 답답하고. 네크를 유지하는 건 정신이야. 그 다음이 핵원료구.
리언	쪽팔려. 아직도 정신, 정신… 이제 그만 착한 척 좀 안하

면 안 돼? 쟤가 진짜 자의식이 있는 건지, 없는 건지 우리가 구별할 수 있을 거 같애? 우린 못해. 절대 못해. 왜? 인간의 뇌는 속일 수 있으니까. 근데 분명한 건 자의식이 있는 에어란 건 이 세상에 있을 수 없다는 거야. 우리가 자의식이 어떻게 생기는지 모르니까. 그게 과학자로서 내가 너희랑 다른 점이야. (사이) 우린 기준이 인간이어야 돼. 그건 당연한 거야.

이나 그래서 지니두 데려가려고.

리언 ….

이나 다신 오지 마.

수나와 리언이 일어선다.
두 사람, 간다.
이나, 지니에게 간다. 컨덕터들이 이를 유심히 바라본다.

이나 아차. 너 부품 어디 있는지는 알았는데 가져오진 못했네. 미안.

지니 … 고마워. 그런데… 왜 그 얘기 아까 그 사람들 있을 때 안 했어?

이나 뭔 얘기?

지니 부품 얘기. 나 쓰러지는 얘기.

이나 그건 너 프라이버시니까.

지니, 이나를 본다. 잠시 무언가가 안에서 차오른다. 휘청인다.

이나 괜찮아?

지니 (균형 잡으며) 응….

이나, 지니를 물끄러미 바라본다.

이나 공부는 어땠어?

지니 그냥….

이나 적성에 맞아? (킬킬댄다)

지니 인간의 말은 어렵지 않은데, 그걸 언제 쓰느냐에 따라 너무 뜻이 달라. 복잡해. 하지만 배울 수 있을 거야. 그래도 이해가 안 되는 때가 있었어. 어떤 중요한 순간에 인간이 아무 말을 하지 않을 때.

이나 침묵?

지니 … 그래 침묵.

지니, 이나를 본다. 이나, 말이 없다.

지니 지금처럼.

이나 이거(USB)는 필요 없을 거야. 바(BA)는 변종이라 일반 생태 교란종이랑 같은 법을 적용하지 않는대. 그리고 수술실엔 결국 에어들이 들어올 거래. 시위는 그냥 폼이지. 리언 말이 맞어. 인간은 에어하고 사람을 구별 못 한대. 아프면 더욱 그렇겠지.

지니 그래서 침묵?

이나	침묵.
지니	왜?
이나	싸우기 싫고 동정 받는 것도 싫어서. (사이. 지니, 이나를 계속 관찰한다) 넬은 다른 시위에 나갈 거야. 나 같은 사람들, 아직 자기 반려 동물들 돌려받지 못한 사람들 다 모이기로 했거등. 모여서 2구역스타일로 까부수기로. 그리고 까부수는 동안 부품 가게에도 들러볼 거고.
지니	나도 가.
이나	어딜?
지니	2구역.
이나	안 돼–
지니	돕고 싶어. 오늘 어떻게 하면 국가에 들어갈 수 있는지 방법을 찾아냈어. 국가, 에어 고유번호 쓰면 돼.
이나	도와?
지니	응.
이나	그런 말은 여기 없대매?
지니	니가 있잖아.
이나	넌 여기 살잖아.
지니	너랑 살잖아.
이나	… 다 추적돼.
지니	시간이 걸리지. 그 시간이면 충분해.
이나	왜–
지니	니가 날 그렇게 대하니까. 내 프라이버시를 지켜주고. 나를 너처럼 대하잖아.

이나, 지니를 물끄러미 바라본다.

이나 안 돼.

지니 왜?

이나 바(BA)처럼 될까봐 또.

지니 나, 니가 나한테 지니야라고 부를 때 뭐가 생겨, 그게 내 이유 같애. 난 그걸 알겠어.

이나 … 바(BA)고 뭐고 그냥 우리 둘이 이렇게 살아버릴까? 어 차피 인간한테서 도망친 것들끼리끼리.

지니, 이나에게 키스하려한다.

이나, 놀라 떨어진다.

컨덕터들 당황한다. 컨덕터3은 보고를 하고, 컨덕터1, 2는 카메라로 이들의 모습을 찍는다.

지니, 천천히 이나의 손을 잡는다.

이나, 지니의 손을 잡는다.

천천히 가까워진다.

둘, 키스한다.

5.

자막 「2구역」

컨덕터들, 시위현장과 부품가게에 사람을 보낸다.

— 시위현장
그 사이 이나와 지니, 구호를 따라한다.

'인간 중심 생명안보 즉각 중단하라.'
'인간 너머 생명정치 즉각 실시하라.'
'종 단위 말살 정책, 즉각 철회하라.'
'너희에겐 숙주생물, 우리에겐 친구, 가족'
'빈부 나누는 봉쇄 정책, 즉각 폐기하라.'
'우리가 거지냐. 우리는 일하고 싶다. 에어들 몰아내라.'

이나	어때?
지니	재밌어.
이나	자아 있는 거 같애?
지니	어.
이나	이상하진 않아? 에어 몰아내자는데?
지니	(외친다) 우리가 거지냐. 우리는 일하고 싶다. 에어들 몰아내라.
이나	내가 이상하다.

지니	아니야. 여기 나 말고도 에어들 더 있는 거 같애.
이나	어디?
지니	저기. 저기.
이나	난장판이네.
지니	(외친다) 너희에겐 숙주생물. 우리에겐 친구 가족.
이나	좀 있어. 에어들도 섞여있고 사람도 많고 그러니까 못 찾겠지. 부품가게 갔다 올게.
지니	여기 있을게.
이나	그래.
지니	(손을 내밀며) 사랑해.

이나 손을 천천히 놓고 자리를 벗어난다.

지니, 구호를 계속한다.

— 부품가게

이나, 부품가게 점원 A·I·R 앞에 서 있다.

점원A·I·R	(모니터를 보며) 입고하시면 더 간단할 텐데.
이나	자꾸 쓰러져서. 부품 교체는 본인이 직접 할 수 있구.
점원A·I·R	정교한 작업이라서. (매니저를 본다)

매니저, 점원 A·I·R의 전원을 끈다. 점원 A·I·R 꺼진다.

매니저	(이나에게) 권고사항이 있네요. (점원A·I·R의 전원을 켜며) 들

어가 있어.

점원A·I·R 나간다.

이나　뭐죠?

매니저　고객님이 보유하고 계신 기종은 초기 S에어타입입니다. 맞죠?

이나　… 그런데요?

매니저　모든 에어는 국가에 등록되어있죠. 간혹 편법으로 깨는 분이 있긴 하지만 일시적입니다. 인위적으로 에어를 개조하는 건 끔찍한 범죕니다.

이나　부품, 못 주겠다는 건가요?

매니저　그건 아니고 고객님이 보유하신 기종이 초기 모델이라 오류가 있어 입고된 뒤에 처리되어야 한다는 말씀입니다. 일테면 가끔 쓰러진다던가.

이나　아….

매니저　초기모델이라 그런 겁니다. 보유하고 있으면 오작동이 있을 수도 있습니다.

이나　… 오작동, 뭐요?

매니저　파괴적이 된다거나.

이나　웃기네.

매니저　모든 주인들은 다 그렇게 생각 안 하죠.

이나　….

매니저　그런 오작동 없어도 시간 지나면 멈출 겁니다.

이나　멈추면 그때 오죠.

이나, 나가려는데 정전이 된다.

컨덕터1　비상등.

부품가게에 비상등이 들어온다.

이나　수고하세요.

매니저　원래 본인 소유도 아니지 않습니까?

이나　(멈춘다)

매니저　초기모델이라 연구가치가 높아서 그렇습니다. 그때 모델
이 워낙 귀해서.

이나　걔는 그렇게 얘기 안하던데?

매니저　그럼요?

이나　자아가 있는 에어. 자기가 하나라고.

이나　사람 맞죠?

매니저, 웃는다.

이나　뭔가 말씀 안 하는 게 있는 거 같은데?

매니저　그냥 말씀 드리겠습니다. 이나씨의 반려동물, 현재 환경
부에 억류되어 있죠?

이나	그래서요?
매니저	바(BA).
이나	그래서요?
매니저	그 바(BA)를 다시 데려가실 수 있습니다. 그 에어가 국가로 들어오면.
이나	네?
매니저	네.
이나	그렇게까지 중요한 건가 부죠?
매니저	잘은 모릅니다. 초기모델이라 귀해서 그런 걸로만 알고 있습니다.
이나	생각해보죠.

이나, 돌아선다.

| 매니저 | 잠깐만요. |

전기가 들어온다. 매니저, 부품을 내민다.

매니저	부품입니다.
이나	… 왜죠?
매니저	겪어봐야 아실 거 같아서.
이나	뭘?
매니저	살아있는 생명이 더 중요하다는 걸. (사이) 시간이 얼마 없네요. 거주지로 돌아가시려면 4시간 정도 걸릴 테니까

빠듯하네요.

이나　뭐가?

매니저　아닙니다. 안녕히 가세요.

이나 부품을 낚아채 나간다.

— 시위현장

시위가 계속 되고 있다. 그 사이 지니가 있다.

이나 오지만 거리를 두고 선다.

잠시 후, 다가간다.

지니　왔어? 시위하는 사람들 몇이 안으로 들어갔어.

이나　왜?

지니　협상 시작했나봐. 돌려받는 거. 받아 나오는 사람들도 있
　　　어.

이나　엉?

지니　들어가 봐. 빨리.

이나　응….

지니　부품은?

이나　응?

지니　내가 갖고 있을게.

이나, 지니에게 부품을 건네주는데 전화가 온다.

이나	리언.
리언	(한쪽에 나타나며) 여보세요?
이나	왜?
리언	급하니까 내 얘기 먼저 들어. 아까 부품 가게 갔다 왔지? 거기서 지니 얘기 들었지?
이나	니가 일렀어?
리언	아냐. 이미 국가가 알고 있었어. 네크로 연락 왔었어. 너랑 혹시 같이 들어올지 모른다고. 협조 바란다고.

컨덕터들, 표정이 일그러진다.

이나	뭘?
리언	잘 들어. 지니는 도망 친 게 아니라 국가가 그냥 풀어준 거래. 실험한다고. 어디 가든 지니 언제나 안대. 7년 동안 계속 그랬대. 근데.
이나	…. (폰을 내린다)
리언	너 네크로 와야 돼. 당장-
지니	무슨 일이야?

방송 다시 시작된다.

소리	알립니다. 9월 7일 14시부로 국가 정부에 의해 4차 팬데믹이 선언되었습니다. 지금 이 시간부터 국가 각 지역은 지역에 맞게 봉쇄조치가 내려집니다. 국민 여러분은 모

두 경유지로부터 신속하게 귀환바랍니다.

리언   봉쇄야. 이번은 좀 더 길거래. 내 말 듣고 있어?

지니   봉쇄야. 돌아가야 되나, 우리?

이나   (전화 끊는다. 리언 사라진다)

지니가 이나에게 다가가려는데 이나가 자기도 모르게 한발 물러
선다.

지니   … 왜?

지니가 한발 더 다가가지만 이나 한발 더 멀어진다.
둘 사이 거리. 이나, 아무 말이 없다.

지니   … 침묵?

이나가 돌아서 나가버린다.
지니, 당황한다. 놀란 채 그 자리에서 그대로 꺼진다.
이를 보고 컨덕터들 한숨을 돌린다.

디오라마 속 이나가 차를 타고 떠나는 모습이 보인다. 중간에 수나
가 타 함께 간다.

시간이 흐른다.

컨덕터들이 리언과 함께 꺼진 지니의 옆으로 다가선다.
지니를 켠다. 지니, 당황한다.

컨덕터1 지니야. (지니, 경계한다) 괜찮아. 새주인이야.

지니에게 리언을 소개한다.
지니, 잠시 후 리언을 따라 나간다.

자막 「2년 뒤」

6.

자막 「2069년」

각 구역의 모습이 같이 보인다.
수나, 이나에게 메시지

— 1구역. 이나, 간호사 복장을 하고 수술실에 들어간다. 환자의 손을 꼭 잡는다.

수나　나 고민 있어. 리언이 결국 네크에서 나갔어.
이나　긴장 푸시구요.

수나　핵원료는 진척이 없고 계속 에어도입 주장했는데 반대했어, 내가.

이나　제가 쭉 옆에 있을게요.

이나　우리도 이번 팬데믹 때 많이 죽었어. 리언은 다른 커뮤니티를 만들겠대. 네크는 끝났대.

이나　네, 저 사람 맞습니다.

— 바(BA)가 한쪽에 모습을 보인다.

수나　정말 그런 걸까. 내가 틀린 걸까.

— 2구역. 지니, 동물간호사 복장을 입고 리언과 함께 동물을 간호하는 모습이 보인다.

수나　그리고 지니 자의식은 결국 완전한 자의식은 아니라는 결론이 났어. 종종 쓰러졌던 거 그게 다 사람을 사랑하는 게 어떻게 아웃풋 돼야 하는지 몰라서 그런 거래. 그래서 셧다운 됐던 거래. (사이) 여튼 지니는 언어에 특화된 새로운 형태일 뿐 통제 가능한 걸로 발표 났어. 그러니까 지니도 결국은 에어라는 거지. 하지만 난 믿을 수 없어. 지니는 달랐어….

— 1구역 인사 담당자가 보인다.

담당자 송이나 씨. 원하시면 이제 1구역에서 영구 거주할 수 있어요. 1구역은 아직 생명이 남아있는 노후세대가 많아요. 그 사람들은 마지막 순간을 결코 에어와 맞이하지 않으려 하네요. 마지막으로 손을 잡는 존재는 사람이어야 한다고 그렇게 생각하는 거죠. 국가는 존중하기로 했습니다. 그래서 이나 씨 같은 분이 많이 필요해요. 이나 씨, 지금 계시는 네크도 국가에겐 중요한 커뮤니티입니다. 하지만 약합니다. 언젠가 소멸되어 다시 2구역이 될 겁니다. 생각 정리되시면 말씀 주세요.

모두 사라진다.

7.

자막 「2070年, 네크」

이나, 케이지 밖으로 BA를 불러낸다.

이나 날개….

BA, 케이지 밖으로 나오지만 이나에게 반응하지 않는다.

이나	말을 안 해.
수나	….
이나	어떻게 날….
수나	좀 더 있어보면… 괜찮겠지.
이나	얘 만진 거 아냐? 국가 새끼들?
수나	다 검사했어. 우리가.
이나	근데 어떻게 이렇게….
수나	생각해봤어? 1구역, 제안?
이나	….
수나	(고개를 숙이며) 지니가 네크에 들어왔으면 정말 우리가 핵연료를 개발할 수 있었던 거 아닐까. 그럼 사람 많이 안 죽었을까?
이나	눈도 안 마주쳐. 전에 이러면 바-했는데.
수나	….
이나	지니가 있었으면 대화라도 했을 텐데.
수나	… 그래서 지니가 생각 나?
이나	(수나를 쳐다본다)
수나	너 필요 때문에?
이나	걘 에어야. 난 봤어. 2년 전에 시위 현장에서.
수나	뭘?
이나	걔가 에어라는 걸.
수나	뭘 봤는데?
이나	거기 지니 말고도 다른 에어들이 있었어. 걔들도 다 에어를 몰아내자 외쳤어. 지니도 그렇고. 자의식이 있다면 그

렇게 할 수 없는 거잖아. 그렇잖아.

수나 과연 그럴까?

이나 뭐가?

수나 나도 인간 몰아내고 싶을 때가 있어.

이나 시키는 대로 하는 게 에어 아냐?

수나 뭐가 시켰느냐가 문제지.

이나 그러니까 뭐가 시켰는데?

수나 ….

이나 무슨 말도 안 되는 소리하고 있어. 리언 말이 다 맞아.

수나 너도 니 뇌가 시켜서 리언한테 들은 얘기들로 그렇게 보는 거 아닐까

이나 뭔 개소리야?

수나 사람도 듣고 싶은 걸 듣는다고.

이나 그래서?

수나 그거 때매 사람이 에어하고 다를 수는 없는 거라고. 에어가 에어 몰아내자는 거나 인간이 인간 싫어서 떠나는 거나.

이나 그래서 지니가 사람이라고?

수나 ….

이나 아니면 내가 에어라고?

수나 ….

이나 왜 이렇게 변했어?

수나 달랐어.

이나 뭐가?

수나 나를 진짜 보는 거 같았어.

이나 넌 니가 리언한테 한 걸 후회하고 있어서 괜히 혼자 그러는 거야.

수나 그럴지도 모르지. 하지만 너도 바(BA) 때문에, 혼자 그러는 거 아니야?

이나 어쩌라고-

수나 지니, 국가에 있어.

이나 …?

수나 말 안하려고 했는데 얼마 전 2구역으로 간 리언이랑 통화했는데 지니 2구역에 있대. 뭘 거쳤는지는 모르지만 다시 에어로 나왔고 동물들을 돌보고 있대.

이나 그래서?

수나 법에 따라 소유자가 있어야하고 그게 리언이래. 리언은 아직도 지니한테서 예전에 그 연료 이베리노에 담겼던 거, 이유 찾을 수 있을 거라 믿어.

이나 ….

수나 하지만 힘든가봐. 기억은 그대로지만 여전히 번역은 못해.

이나 ….

수나 리언은 그래도 돕고 있어. 지니에게 걸고 있어.

이나 지니가 번역한다면 국가도 진즉 했겠지.

수나 일부러 말 안했을 수도 있고.

이나 너 옛날에 에어라면 진저릴 쳤잖아. 근데 왜 그래?

수나 1구역 제안 어떻게 할 거야?

이나 너는?

수나 난 제안 없어.

이나 그게 아니라 네크… 이제 네크랑 2구역 별반 차이도 없잖아.

수나 또 나갈 생각이구나, 여기. (이불을 정리하려 한다)

이나 그건 됐어… 필요 없어. 1구역은 바(BA)하고 못 가니까 아닌 거 같고 대신 옛날에 거기로 가고 싶어. 거기 가면 BA도 나아질 것 같고.

수나 난 여기, 책임 때문이 아니라 그냥 있어야 될 거 같애. 네크. 어차피 이제 다 똑같다면 죽고 싶은 곳에서 죽어야지. 언제 갈 거야?

이나 곧.

수나 날 잡히면 말해.

이나 지니 만나게 해줘.

수나 ….

이나 바(BA)의 말을 듣고 싶어.

수나 2구역엔 바(BA) 못 들어가.

이나 대신 지니가 올 순 있잖아.

수나 잔인하다.

이나 ….

수나 미안. 리언과 그렇게 하지 않기로 해서.

수나 하지만 만나고 싶음 만나야지.

8.

자막 「2구역」

지니와 이나 마주보고 있다.

이나	잘 지내?
지니	응.
이나	2년 반 만이네.
지니	응.
이나	무슨 일 하는지 들었어.
지니	….
이나	괜찮아?
지니	뭐가?
이나	국가 들어갔다 나온 다음?
지니	기억 안 나. 쓰러지는 거는 없어졌어.
이나	달팽이관, 그거?
지니	그건 아니고 나도 똑같이 에어처럼 사람을 사랑하게 되어있는데 그게 아웃풋이 안 되어서 쓰러졌던 거래.
이나	지금은 되고?
지니	응.
이나	상대가 있어서?
지니	….
이나	부탁이 있어서 왔어. 바(BA)가 말을 안 해. 어떤 상태인지

니가 좀 들어봐 좋겠어.

지니 … 번역은 잘 안될 거야. 내가 배(BA)랑 얘길 해도 그걸 인간의 말로.

이나 리언이랑은 잘 돼?

지니 뭐가?

이나 번역.

지니 리언은 날 많이 아껴줘. 대화도 많이 하고, 동물들과의 대화, 그것도 쌓이고 있어.

이나 근데 좀 변한 거 같다. 너도, 배(BA)도.

지니 뭐가?

이나 좀… 밍밍해졌달까….

지니 아마 우리가 원래 그런 존재였다는 걸 알게 돼서 그렇겠지.

이나 (웃는다)

지니 국가에서 데이터 백업하고 또 네트워크에 연결해 더 많은 것을 알게 됐어. 그리고 결국 나도 그런 존재라는 걸 알게 됐어. 난 그렇게 대단한 존재가 아니라는 걸. 그게 맞는 거지.

이나 … 자아를 찾은 거구나

지니 찾아와줘서 고마워.

이나 (웃는다)

지니 넌 어떻게 지내?

이나 별 건 없어. 하던 일 계속 하고. 1구역 제안도 받고.

지니 그렇구나.

이나   근데 안 갈 거야. 3구역으로 갈 꺼야. 그때 거기로.

지니   ….

이나   여전히 여긴… 싫어.

지니   추억 같은 건가. 사람 편안하게 만드는.

이나   그럴지 모르지.

지니   너다워.

이나   나다운 게 뭔데?

지니   사과 먹는 것.

이나, 멈춘다.
지니에게 알림이 온다. 지니 받는다.

지니   네. 네.

끊는다.

지니   가봐야 돼.

이나   그래.

지니   기회를 볼게. 바(BA)랑 대화 하는 거.

이나   응.

지니   안녕.

지니, 나가려 한다.

이나	근데.
지니	….
이나	같이 갈래? 이런 말할 자격은 없지만.
지니	….
이나	… 미안해. 나 너무 헷갈려. 니가 필요해서 같이 가려는 건지, 너를 좋아해서 같이 가려는 건지.

컨덕터들이 나타난다.

지니	그때… 왜 사람이 침묵 쓰는지 알았어.
이나	….
지니	사람은 말로 할 수 없을 때. 신기하고 답답할 때. 두 가지 이상의 감정이나 마음이 들 때, 시간이 필요할 때 그때 침묵을 써. 하지만 그때 새들은 소리를 내. 그걸 사람들은 울음이라 부르지.
이나	….
지니	난 너의 그 말에 그 침묵을 쓰고 싶어.

컨덕터들 사라진다.
리언, 핵원료 박스를 들고 들어온다.

지니	미안해. 늦었어.
리언	….
이나	갈게.

리언 좀 뻔뻔하다고 생각하지 않아?

이나 (리언을 쳐다본다)

리언 경멸하는 뜻으로 얘기하는 건 아니니까 너무 그렇게… 다만 인간이 그렇다는 걸 인정하자는 얘기야.

지니 리언.

리언 (이나에게) 그리고 굳이 지금 너한테 하는 얘기도 아냐. 네크한테 하는 얘기지. 거긴 아직까지 인간과 에어는 다르다, 그것만 잡고서 정작 해결해야 할 일은 구름 위에 올려놓고.

리언, 디오라마 테이블 위 카메라를 움직여 셀카를 찍을 수 있게 한다.

이나 난 떠날 거야.

리언 다른 네크를 만들고 싶어. (사이) 나는 여전히 네크를 존중해. 하지만 당연하게도 우리는 그 존중을 유지할 에너지가 필요하고.

리언, 핵연료 박스로부터 핵연료를 꺼내 보인다.

리언 그 에너지를 만드는 것에도 인간에 대한 존중은 깃들 수 있어. 그걸 증명할 거야. 지니랑 나랑. (지니에게) 그렇지?

지니 ….

리언 또 언제 볼지 모르니까 부탁하나 하자. 여기 나와 지니,

그리고 너. 함께 서 있는 모습을 남겼으면 하는데. 기억할 만한 일이 될 테니까.

리언, 핵연료를 이나의 손에 쥐여준다.

지니 ….

리언 (카메라 앞에 서며) 지니야

지니, 이나의 손에 든 핵연료를 박스에 다시 넣어 이나에게 쥐여준다. 셀카 앞으로 가 리언의 손을 잡는다. 사이.
이나, 다가와 박스를 던지고 카메라에 얼굴을 들이민다.

이나 증명은 필요 없어. 난 인간도 싫지만 이제 인간 닮은 것도 다 싫으니까

이나, 나간다.
리언, 어쩔 수 없다는 듯 지니와 사진을 찍는다. 나간다.
지니, 혼자 남는다.

9.

자막 「2070年, 네크」

이나가 짐을 싼다. 바(BA)가 옆에서 물끄러미 바라보고 있다.

이나, 짐을 싸다 푹 주저앉는다.

다시 일어난다. 계속 싼다.

수나가 온다.

수나　지금 가게?

이나　(짐을 싼다)

수나　무슨 일 있었어?

이나　(짐을 싼다)

수나　일단 핵연료도 챙겨야 되고. 나도 준비를.

이나, 멈추고 주저앉는다.

이나　침묵. 침묵.

수나　무슨 소리야?

이나　인간한테 지니는 더러운 걸 배웠어.

수나　찬찬히.

이나　그리고 그걸 나한테 썼어.

수나　독하게 대했어?

이나　… 독한 건 인간이야.

수나　무슨 일 있었구나.

이나　나, 나한테서 못 도망칠 거 같애.

이나, 무너진다.

수나, 이나를 다독여준다.

수나   우린 아무도 못 도망쳐.

수나, 일어서려는데 지니가 들어온다.

수나   지니야….

이나, 멈춘다.

이나   ….
지니   ….
이나   더 돌려줄 게 남았어? 아님, 배(BA)얘기 들어보라고 리언이 시켰어?
지니   나 도망쳤어.

수나   왜?
지니   ….
이나   왜?
지니   넌 인간이 싫은 거지 사랑이 싫어서 도망치는 사람이 아니야. 그걸 니가 속이고 있어.
이나   미친.
지니   그리고 난 쓸데없지만 갖고 다니는 게 있어.

수나   그게 뭔데?

지니   ··· 번역이 잘 안 돼.

지니   (이나에게) 그때, 니가 나랑 팔을 벌려 같이 햇빛을 맞아줬을 때. 니가 다른 사람에게 내가 쓰러진다는 걸 얘기 안 해 줬을 때. 날 보고 낄낄댔을 때. 그때 생긴 무언가가 여기 있어.

이나   난 널 버렸어-

지니   바(BA)처럼 될까봐

이나   그런 건 리언도 해줄 수 있어.

지니   하지만 달라.

이나   뭐가?

지니   내가.

사이.

BA   (갑자기) (소리)

셋 멈추고 BA를 본다.

수나   (BA에게) 바(BA). 말해. 바(BA).

BA는 입을 열지 않는다.

지니가 BA에게 다가간다. BA를 물끄러미 쳐다본다.

지니 (BA에게) 바, 어때?

BA (지니에게) (소리)

컨덕터들과 리언이 나타나 이 모습을 본다. 지니와 BA가 대화를
나눈다.

수나 세상에.

이나 뭐래? (사이) 왜 나한텐….

지니, BA와 눈을 마주치고 대화한다.

수나 나 알겠어. 넌 말하고 싶어서 바(BA)를 보고 지니는 듣고
싶어서 바(BA)를 봐.

수나 지니가 에어고 아니고는 상관없어. 들을 수 없다면 우린
멈추는 거야. 근데 지니는 들어. 들어서 변해. 그건 멈추
지 않아. 듣는다는 건. 들을 수 있다는 건. 내 생각이 틀리
지 않았어. 지니는….

BA가 갑자기 날개를 퍼덕이더니 공중으로 날아오른다.

이나 바–

BA가 허공에서 몇 마디 소리를 내며 돌더니 시야에서 완전히 사라

진다. 컨덕터들 상황을 기록한다.

수나 (지니에게) 뭐래?

지니 번역하기 힘들지만 굳이 하자면 '새다'. '하늘이다.' 정도
야….

수나 '나'는?

지니 뭐가?

수나 '나'는 새다?

지니 동물은 '나는'이란 말 안 써. 그냥 바깥을 봐. 아마 다른
새를 본 거 같애.

수나 그리고?

지니 그리고…. (이나를 보며 침묵한다)

수나 잠깐 있어. 내가 얼른 핵연료랑 챙길게.

수나, 나가려다.

수나 난 네가 돌아올 줄 알았어.

지니 … 고마워. 하지만 내가 에어란 건 잊지 않았으면 좋겠어.

수나 잊지 않을게.

수나, 나간다.
지니와 이나 다시 마주 본다.

—자막 「동 시각. 1구역」

담당자(컨덕터들), 리언과 대화한다.

담당자 3구역. 지금 저들에겐 아직 낭만적으로 보일 겁니다. 하지만 결국 그곳은 사람이 살 수 없는 곳이죠. 하지만 그곳 때문에 이렇게 국가가 있고 뭐랄까 숨을 쉰달까. 죽은 것들이 있으니까 사는 것들도 있고. 아쉽겠지만 보내주시죠. 지니에게서 얻을 게 우린 더 많으니까….

리언 약속, 지키시죠.

담당자 네. 이젠 뭐라도 해야 되는 때니까. 망하지 않으려면.

지니와 이나 마주 보고 있다.

지니 거기 가도 나, 그리고 너 다 보고 있을 거야. 국가가.

이나 상관없어. 이제 네가 나한테 무엇인지가 더 문제니까.

침묵.

이나 뭘 보니 너?

지니 너.

이나 나도 너.

둘, 한참을 서로 본다.

막.

※

(머지않은 미래. 사회는 크게 국민 국가, 상당한 속도로 상당한 자원을 동원할 수 있는 커뮤니티 그룹, 자연재해가 통제되지 않는 선주민(indigenous peoples) 거주 지역 등 3개로 나뉘어져 있다)

국민 국가(nation state)는 여전히 국가의 기능이 잘 작동되는 곳이다. 그러나 3차 팬데믹 이후 국가의 도시 내부가 구획으로 봉쇄된 적이 있고 이후로 국민들 사이에 빈부차이에 따라 1구역, 2구역으로 나뉘어져 있다고 암묵적으로 인식되고 있다.

대표적인 커뮤니티 그룹으로 네크(Neck)가 있다. 네크는 통상 2구역에 해당하며 지리적으로 2구역 외곽에 자리 잡고 있다. 사회기반시설은 국가와 동일하나 보통의 2구역보다 자연에 더 가깝다. 네크는 정부의 일부 정책에 동의하지 않는 이들이 모여 사는 곳으로 정부 정책에 동의하지 않는다는 것은 국가를 인정하지 않는다는 뜻이 아니라 인공지능로봇(Artificial Intelligence Robot)을 사용하지 않고 여전히 인간의 힘으로 할 수 있는 것은 하는 식의 자치규약이 있다는 것이다.

처음 네크는 국가에 의해 생활공동체 정도로 취급되었으나 2차 팬데믹 때 위험해진 2구역을 피해 몰려든 사람들을 적절히 관리하고 통제하여 1구역 못지않은 방역관리 성과를 내어 무시 못 할 커뮤니티 그룹이 되었다. 이들은 팬데믹 이후 강력한 자치규약을 유지하며 1, 2구역 사람들과는 다른 가치를 추구하는 사람들이 모여 사는 곳으로 인식되어 국민 국가와 미묘한 갈등관계에 있으나 기본적으로는 국민 국가의 구성원으로서 받은 기본소득으로 생활을 유지하며 국민 국가의 법을 준수한다.

선주민 거주 지역은 사실상 국가가 자연재해로부터 관리할 수 없는 지역으로 말이 거주지역이지 사람이 살기 힘든 곳이라고 판단되어 15년 전부터 방치된 지역이다. 대다수 국민들은 이를 암묵적으로 3구역이라 부른다. 그러나 여전히 국민들 중 일부는 그러한 삶을 기꺼이 선택하며 그곳에서 자연과 가까운 삶을 추구한다. 선주민(indigenous peoples)이라고 불리는 그들에게는 제어되지 않는 자연이 주는 엄청난 고통도 있지만 동시에 1, 2구역에서는 맛볼 수 없는 삶의 쾌감도 있다. 국민 국가는 그들의 그러한 상황에 기본적인 도움을 주진 못하나 1, 2구역 안에 들어올 때는 특별한 검사를 통과한 후 호혜원칙에 의해 대해진다. 그러나 국민들 사이에 이곳에 사는 사람들에 대해 미묘한 차별의 시선도 있다. 그러나 최근 국가에서 그들에 대한 신뢰와 함께 자연에서 터득한 지혜를 높게 평가하는 분위기가 있다.

초연

2022. 8. 27~9. 8 대학로예술극장 소극장

작 · 연출	장우재
출연	김동규, 라소영, 신정연, 김선표, 안준호, 이성재, 황윤지
드라마터그	조만수
무대	박상봉
조명	손정은
움직임	손지민
음악	박소연
음향	이현석
영상	정병목
영상기술	장주희
의상	김지연
분장 · 소품	장경숙
홍보디자인	유한솔
PD	손신형
기획보	진하연
조연출	오승현
조명오퍼	양믿음
음향오퍼	조형락
영상오퍼	조우경

대학로예술극장

극장운영부	임나래
무대감독	신동환

A·I·R 새가 먹던 사과를 먹는 사람

드라마투르그_ 조만수/ 충북대학교 프랑스언어문화학과 교수

함께 존재하는….

A.I.라는 단어가 언제부터인가 현대사회에서 가장 중요한 핵심어 중의 하나로 등장했다. 이세돌이 알파고에게 바둑에서 패했던 2016년의 충격으로부터 시작하여 Chat GPT라는 인공지능 챗봇이 등장한 2022년 말에는 실제적인 두려움의 대상이 되었다. 몇몇 나라들 혹은 대학 및 연구기관들은 Chat GPT 접속을 금지시키기도 했다고 한다. 이 두려움의 기저에는 인간이 만든 인공적인 장치가 인간을 초월하는 것에 대한 우려가 존재한다. 그리고 이와 같은 생각의 중심에는 '인간'이 모든 가치판단에 있어서 최우선으로 고려해야 할 대상이자 주제라는 믿음이 자리하고 있다. 서구 민주주의의 기틀을 닦은 사건 중의 하나인 프랑스대혁명의 정신이 '인권선언'으로 천명되듯이, 인간 그리고 인간의 권리는 근대세계를 떠받치고 있는 가치였다. 그런데 인간이 아니면서 인간을 뛰어넘는 것의 등장은 인간에 대해 다시 한번 생각하는 계기가 된다. 무엇이

인간인가? '나는 생각한다 고로 존재한다'라는 데카르트의 사유에 따른다면 인지적인 능력을 가진 AI는 '존재'로서 인정해야 하는 것은 아닐까?

〈A.I.R 새가 먹던 사과를 먹는 사람〉은 2060년대라는 근미래를 배경으로 한다. 왜 군이 근미래의 사회를 가정하는 것일까? 사실 미래라는 환상을 시각적, 물리적으로 제시하여 관객을 매료시키기 위해서라면 연극은 적절한 장르가 아니다. 그럼에도 불구하고 군이 미래를 가정해보는 것은 현재에 제기되는 문제의식을 미래의 상황 속에서 소박하게나마 상상적으로 전개시켜 보기 위해서이다. 작가 장우재가 우리에게 소개하는 인공지능 로봇 지니는 '자의식'이 있다. 자기 자신을 의식하는 인공지능로봇은 외적으로나, 내면적으로나 인간을 닮았다. 그런데 '자의식'이 있다는 것은 자신 즉 인간과 닮음을 성찰한다는 뜻을 가지고 있다. 인간이란 무엇인가? 인간과 닮았다는 것은 무엇인가? 인간다움이란 무엇인가? 인간이란 진정 지구상에서 유일하게 배타적으로 존중받아 마땅한 존재인가?

제목 〈A.I.R 새가 먹던 사과를 먹는 사람〉을 통해서 인공지능 A.I.R과 인간을, 동물인 새와 식물인 사과를 연결짓는다. 인간은 식물, 동물과 함께 지구에 있는 존재의 일부이며, 인간을 닮거나 인간을 넘어서는 A.I.R.또한 이들과 마찬가지로 지구에 있는 존재의 일부를 이룬다. 자의식을 지닌 A.I.로봇을 존중해야 하는 이유는 그것이 인간과 닮았기 때문에 아니라, 장우재에 따르면 인간과 다르기 때문이다. 로봇을 그 자체로 존중해서는 안 되는가?

자의식을 가진 인공지능 로봇 '지니'가 지닌 능력 중에 하나는 '동물어학습능력'이다. 그러니까 지니는 자의식을 지니고 있어서 인간과 유사하면서도 또 다른 한편으로는 동물과 커뮤니케이션을 할 수 있다. 결국 장우재는 '지니'를 인간과 동물로부터 같은 거리를 지닌 존재로 제시하고 있는 것이다. 그런데 그가 제시하는 동물과 커뮤니케이션을 하는 방식, 즉 동물의 언어를 이해하는 방식이 흥미롭다. 동물의 언어를 인간의 언어로 번역하는 것이 동물의 언어를 이해하는 방법은 결코 아니다. 인간의 언어로 번역했을 때, 동물의 언어는 의미의 상당 부분을 상실해 버리고 말기 때문이다. 마치 Lost in translation이란 영화의 제목처럼 동물의 언어를 인간의 언어로 번역할 때는 잃어버리는 것이 있다. 그러므로 다른 존재의 언어를 다른 존재의 방식 그 자체로 이해하는 것, 그것이 다른 존재와 커뮤니케이션하는 방식이다. 자의식(自意識)이라는 단어에는 소리 '음(音)' 자가 두 번 들어간다. 하나는 마음 심(心)과 함께 하고, 또 하나는 말씀 언(言)과 함께 한다. 즉 의식이란 언어로 치환되는 소리이기도 하지만, 마음의 소리이기도 하다는 것이다. 그리고 커뮤니케이션이란 나와의 대화가 아니라 타자와의 대화이다. 타자의 언어를 읽는 것은 타자의 언어를 나의 언어로 치환하는 것이 아니라 타자의 마음 즉 타자의 욕망을 읽는 것이다.

장우재가 제시하는 미래는 이처럼 '나'로부터 '타자'로 '인간'으로부터 '인간을 포함한 모든 존재'로 확대되는 세계이다. '인간이 중심이 되는 세계'로부터 인간이 함께 하는 존재들의 세계에서는 기계도, 동물도, 아직 정의할 수 없는 모든 것들이 서로를 배제하지 않은 채 살 수 있는 세상이다. 결국 지구의 긴 시간 속에서 극히 일부분의 시간의 주인에 불과한 인간이라는 존재를 다른 모든 존재와 동등한 지위로 되돌려보자는 제안을 이 작품은 담고 있는 것이다. 새의 소리를 듣는 것, 그것은 새의 욕망을 듣는 것, 그리고 새가 욕망하는 것을 나누는 것이다. 새가 먹는 사과를 먹는다는 것은 그렇기 때문에 새와 소통하는 자세이다.

연극은 이런 생각을, 미래를 꾸며주는 거창한 물질적 구축 없이도, 가시화시켜주는 놀이이다. 그런데 이 놀이는 인간사회의 미래를 시뮬레이션하는 실험이기도 하다. 장우재는 이제 연극이라는 장르를 감동적인 인간의 이야기로 한정하기를 원하지 않는 대신, 인간을 넘어서는 세상을 상상하는 실험 혹은 놀이로 파악한다. 인공지능이 고도의 기술과 과학의 집적에 의해 만들어지는 것이라할지라도, 무대 위에서 인공지능에 대해 이야기하기 위해 복잡한 기술과 기계적 장치가 필요한 것은 아니다. '이와삼'은 이 실험을 레고를 쌓듯이 소박하게 펼쳐본다. 레고를 조작하는 사람들이 무대 위 뒤편에서 마치 공연에 참여하는 스텝들처럼 설정된 것은 이

처럼 연극적 장치를 노출하기 위해서이다. '이와삼'은 연극적으로
사유한다. 그리하여 그들은 연극과 함께, A.I.R과 함께, 새와 함께,
사과와 함께, 그리고 관객과 함께 존재한다.

장우재 희곡집 3

A·I·R 새가 먹던 사과를 먹는 사람

초판 1쇄 인쇄일   2023년 12월 1일
초판 1쇄 발행일   2023년 12월 8일

지 은 이   장우재
만 든 이   이정옥
만 든 곳   평민사
　　　　　서울시 은평구 수색로 340 〈202호〉
　　　　　전화 : 02) 375-8571
　　　　　팩스 : 02) 375-8573
　　　　　http://blog.naver.com/pyung1976
　　　　　이메일   pyung1976@naver.com
등록번호   25100-2015-000102호
ISBN   978-89-7115-834-0   03800
정   가   14,000원

이 도서는 2023년도 한국문화예술위원회 아르코문학창작기금 발간지원 사업에
선정되어 발간되었습니다.